Kadokawa Fantastic Novels

10



orewo sukinanoha omaedake kayo

# 喜歡本大爺的竟然就妳一個？

作者 駱駝

illustration ブリキ

# 喜歡本大爺的竟然就妳一個？10

orewo sukinanoha omaedake kayo

作者 駱駝
illustration ブリキ

Kadokawa Fantastic Novels

「耶～～！Primula登場啦～～～！」

「大家都想當正義使者啊，
尤其是當那種打倒
強大反派的正義使者。」

## Primula／早乙女櫻

跟Pansy同班的亢奮女。也因為參加壘球隊，隸屬於以體育型人物為主，很會炒熱活動氣氛的通稱「吶喊群」的團體。綽號的由來是從全名中去掉「早」，就會變成「乙女櫻（Primula）」（中文稱為報春花）。

撫子／赤井撫子
說話語氣與舉止，以及白皙透亮的肌
膚都顯得端莊嫻熟，讓人完全不覺得
她和Primula同樣參加壘球隊。與蒲
公英、薄荷一樣是一年級生。但不知
為什麼……我就是強烈感覺這女生有
些地方不對勁……只有我這麼想嗎？

「叫我撫子……就可以了。呵呵呵呵。」

小柊／元木智冬
在第二學期轉來西木蔦高中的轉學生。和小椿從小就認識。
Pansy／三色院菫子
莫名只對大爺我超毒舌，紮辮子戴眼鏡的圖書室主宰。
「究竟是……這裡頭的誰……！」
小椿／洋木茅春
大爺我打工的地方「陽光炸肉串店」的店長。和小柊從小就認識。
花灑／如月雨露
大家好，我是主角。在值得紀念的第10集終於迎來彩色插畫。
山茶花／真山亞茶花
退役辣妹。現在披著清純的皮，但實際上是隻野獸，是紅人群中的領袖。

葵花／日向葵
大爺我的兒時玩伴，只有運動神經很出色的傻妞型騷貨。
翌檜／羽立檜菜
校刊社的幹練編輯社員。一慌張起來，語氣就會變成津輕腔。
Cosmos／秋野櫻
學生會長。外表冷豔，其實很廢又很少女。
「花灑，你有沒有稍微提起幹勁？」
蒲公英／蒲田公英
棒球隊的經理，一年級生。她一臉得意，但我懶得理她。

# contents

# 第一章

## 我輕而易舉就走漏消息

「喂～～！我要去領紙箱，哪個人跟我一起來～～」
「ＯＫ！那我們去吧！」
「翌檜，妳可要設計出有夠嚇人的傳單啊！我很期待喔～～」
「好的！包在我身上！做傳單是我超拿手的領域！」
「哦～～！原來山茶花對裁縫也很拿手啊。呵呵！妳可以當個好妻子的！」
「喂……喂！不要講這種奇怪的話啦！這很普通啦，很普通！」
放學後，我們班和平常不太一樣，顯得充滿活力。
放學前的班會時間結束後，還有這麼多學生留在教室，這樣的情形大概也只有這段日子會發生了。
「決定幾個嚇人的點比較好吧！首先就是進去後的第一個轉角吧？接著是再走三公尺左右的地方怎麼樣？還有，快到出口時從背後嚇一次也不能少了！」
「小桑，沒想到你對這種東西還挺喜歡的嘛。」
「對啊！這雖然和棒球有點不一樣，但也像是在構思戰術，很有意思！」
連平常一放學就會立刻去參加社團活動的小桑，今天都留在教室裡。
現在，黑板前面有班上的其他同學在討論。

至於我在教室裡做什麼……

「花灑花灑！幫我拿那邊的圖畫紙！」

「好啊。」

我和葵花一起展現兒時玩伴的默契，努力在教室角落把黑色的圖畫紙貼到紙箱上。

——第二學期，是活動一個接一個來的學期。

雖然前幾天才剛結束「運動會　～佐以聖戰～」，但我們西木蔦高中沒這麼容易就安分下來。我們沒讓運動會的熱度冷下來，現在繼續……

「花灑，好期待繚亂祭喔！我會加油的～～！」

兩週後即將舉辦繚亂祭，不只是我們班，全校都充滿了活力。

關於這繚亂祭，和以前……也就是五月辦的百花祭不同，是不折不扣的校慶。

直到去年都是在九月舉辦，但由於諸般理由，今年改在十月舉辦。

……是因為諸般理由而改期，細節就別在意了。

我們班要設的攤位，也許看前面的情形就猜得出來了，是鬼屋。

也有人提各種別的方案啦，但最後就是用投票決定了。

……雖然實際的投票結果，第一名是女僕咖啡館，第二名是炸肉串店……但因為「這些前陣子就辦過了吧？重複了吧？」等諸般理由而被駁回，於是決定辦第三名的鬼屋……

就是因為不想清楚前因後果，想到什麼就做什麼，現在才會因為諸般理由弄得很辛苦。

給我好好反省。
另外，由於繚亂祭的影響，放學後我暫時不去幫忙圖書室業務了。
只有這個時期，放學後包含圖書委員 Pansy 在內，我們所有人都無法參加圖書室業務，所以由教師們輪流值班。
至於我的打工……我也想過要請假，但要是全都請假就會給小椿添麻煩，而且零用錢方面也會有困難，所以就以請她幫我調班來因應，從平常的十七點起調整到十九點起。
「做～～好了！花灑你看你看，怎麼樣？厲害吧。」
葵花自豪地拿著貼上黑色圖畫紙的紙箱給我看。
紙張一點皺褶都沒有。說來懊惱，但她技術確實遠比我高竿。
以前我就一直在想，葵花雖然個性大剌剌，手卻很巧。
「好厲害，我就實在沒辦法貼得這麼好。」
「嘻嘻嘻！謝啦！」
關於我們班上的人各自在繚亂祭中要負責什麼工作，我和葵花是負責製作布景。
翌檜和運動會的時候差不多，是負責做傳單；小桑是構思呈現方式。
山茶花與紅人群的諸位負責製作服裝。
山茶花野性卻又賢慧，用多半是自己從家裡帶來的裁縫用具，將大家帶來的各種不再穿的衣服細心剪裁成鬼屋用的服裝。

起初由於跟學校申請到的預算還很充裕，大家說服裝用買的好了，但山茶花一句：「不知道會有什麼狀況，所以錢要盡可能省下來！」於是決定由我們自己……應該說由山茶花一邊教大家一邊製作。

附帶一提，圖書室成員中唯一不在場的小椿當天負責演鬼。

小椿是學生兼店長，在我們當中處於頗特殊的立場，終究不能每次都參加放學後的準備工作，所以決定讓她在繚亂祭當天賣力演出。

而某個烤雞串店的女兒知道小椿負責當鬼的消息後，無惡意地說溜了嘴：「小椿很適合演一反木綿或塗壁！她很擅長讓自己變得扁扁的，讓人察覺不到她的存在！」結果被怒火中燒的小椿宣告：「我跟妳絕交呢。」難過得哭喊個不停，但這又是另一個故事了。

「好～～！我要做出讓大家看了都會嚇一跳的純黑牆壁！」

雖然覺得牆壁再黑也不會有人嚇一跳，但姑且不論這樣的感想，對於繚亂祭的準備工作，最賣力的就是葵花。畢竟這傢伙本來就很喜歡熱鬧啊。

說真的，我很想向她這種天真無邪看齊。

因為坦白說，我啊…………實在是憂鬱得無以復加……

話說回來，我憂鬱的原因倒不是繚亂祭。

「花灑花灑！等繚亂祭開始，我們一起去逛各式各樣的攤位吧！」

「也對……就『大家』一起調整休息時間，一起去看吧……」

「太棒啦！我好期待！」

唔！妳不要這麼天真無邪地開心……會讓我更加有罪惡感。

畢竟我剛剛的發言是一種逃避。

不是和葵花兩個人一起去逛繚亂祭，而是「大家」一起去。

也就是我不決定任何一個人是我特別的對象，始終想和所有人好好相處……

這樣真的不行啊……

畢竟我在運動會結束後，被 Pansy……不，是被 Pansy 她們找去說：『在第二學期結束時，請你只讓一個人聽到你的心意。』

等繚亂祭結束，就又朝這件事近了一步。

這讓我憂鬱得無以復加，忍不住往「大家」這個安全的方向逃避。

……沒有啦，我也很清楚啊。

坦白說，就這件事而言，是我把事情弄得模稜兩可，對問題視而不見。純度１００％是我不對，Pansy 她們會叫我好好說出答案也是當然的。

正因為這樣，聽她們這麼說的當初，我也有過耍帥的念頭，想著「就把我一直隱瞞的心意全都說出來吧」。

可是啊，我這個人的決心去得快是有口皆碑的。

當天回到家時，這份決心已經走到只差一步就要瓦解的地步。

啊～～我覺得自己好沒出息……

要說什麼事情最沒出息，就是Pansy她們鼓起那麼大的勇氣告訴我這件事，但聽到她們說可以等到第二學期結束時再回答，我就忍不住鬆了一口氣。

我實在沒辦法做出傷害別人的覺悟。

就算腦袋明白，心就是會抗拒。

所以現在，其實我應該和葵花兩個人開開心心地進行繚亂祭的準備工作，心中卻有個角落忍不住想到：「對一個人有特別待遇，這樣真的好嗎？」

唉……真的，該怎麼辦……

「葵花，不好意思，可以請妳一個人做這個嗎？我去幫忙別的事情……」

「咦～～！我想跟花灑一起！花灑是負責布景，所以跟我一起！」

就是說啊……工作就是這樣分配的，所以這理所當然到了極點。

說真的，我到底在搞什麼啊……

葵花明明就只是純粹想和我一起開心地準備繚亂祭……

「葵花，不好意思！可以借用一下花灑嗎？」

嗯？剛剛說話的是……

「唔？小桑，怎麼啦？花灑要跟我……」

「在呈現方式的部分，有些事情要和花灑商量！我不會花太多時間啦，拜託！好不好？

算我求妳！」

小桑雙手合掌，拜託葵花。

而葵花的反應是……

「知道了！花灑就借給你！可是，不可以講太久喔，因為花灑要跟我一起做布景！」

「那當然！包在我身上！」

她露出開朗的笑容答應了。

小桑看到她答應，立刻轉頭看著我。

「好！那你陪我一下，花灑！」

小桑臉上有著一如往常的熱血笑容，但總覺得他看著我的眼神有幾分認真……

「啊……嗯……知道了。」

小桑到剛剛都還在黑板前面談呈現方式的事，但一要和我說話，立刻就微微加快腳步準備走出教室，這多半就表示是「這麼回事」吧……

＊

我們出了教室後，去到的是沒有任何學生在的體育館後面——一棵在我們學校算是有點名氣的大楓樹「成就樹」所在的地方。

小桑帶我出來的理由就如我所料。

說是因為覺得我在做繚亂祭的準備工作時，情形有點不對勁，要我告訴他是怎麼回事。

「——就是這麼回事。所以，想到第二學期的結束，我就很憂鬱……」

「原來如此！所以花灑做事的時候才會不對勁啊！」

「是啊。總覺得就是下不了決心好好回答。而且也覺得在這個狀況下，對哪個人有特別待遇也不太對。」

這種事情如果不是小桑問我，我想我絕對不會說吧。

「我說小桑，我該怎麼辦？以前我根本沒有這種特殊的經驗。如果有什麼好方法……」

「我想想……眼前該做的，就是意識改革吧！你最好不要覺得這種煩惱有什麼特別。」

「咦？」

為什麼小桑臉上有著一如往常的熱血笑容？

這的確也讓人覺得可靠，但我聽不太懂他這句話的意思……

「我覺得你的狀況是很特殊沒錯，可是，這種煩惱本身是每個人都有的。」

「每個人都有這種煩惱？你是說，你也有？」

「對啊，就是有！如果拿我和其他人來舉例……啊啊，像畢業就是這樣！」

「這話怎麼說？」

「我們都會從西木蔦高中畢業……到時候，大家就會各奔東西。每個人都會走上自己決定的路，不是嗎？」

「這……」

「我當然也有那種心意，想一直跟大家一起要好地過下去。可是，我不走這條路……因為我有夢想。我有個從小時候就一直懷抱的夢想……所以，我能跟花灑一起過的日子也只到高中。」

也就是說，小桑的情形是因為有夢想，才沒有辦法跟大家一起？

然後，其他人就是應考。大家不會上同一間大學。

每個人各自有自己的理由，去考自己選擇的大學。

……的確，也許還真有點像啊……

對了，Cosmos 在考試這方面打算怎麼做啊？

最近圖書室裡不時會看到一些三年級生就像中邪似的跑來念書，但 Cosmos 都一如往常地來圖書室，跟大家一起相處吧？

「所以，你的煩惱根本沒什麼特別的。這種煩惱，大家或多或少都有，也沒有哪個人能對這種煩惱給出像樣的答案……你想想，不就是這樣嗎？因為不管多麼努力，都沒辦法讓所有人去到同一個大團圓結局啊。」

這是什麼感覺呢？說不是只有自己才有這種煩惱，的確少了幾分沉重，但說大家都給不出答案，這絕望感實在非同小可……

「……可是，要怎麼做是已經決定了。」

「這……這話怎麼說？」

「想也知道吧？就是要去拚啊……全力去拚。我就坦白說了，我最討厭輸。既然這樣，哪怕把對方傷得多重，多麼被對方討厭，我都要做好覺悟，全力去拚。之後的事情我根本不去想！船到橋頭自然直！」

……小桑果然好厲害啊，竟然可以說得這麼斬釘截鐵。

可是，我想 Pansy 她們也是一樣，大家都全力去面對。

既然這樣，我也……

「這個問題，沒有什麼正確答案。所以花灑你想答出什麼答案，就用全力回答出來吧！只是，如果遇到四面八方都卡住的狀況，有個好的解決方法，我就告訴你吧。」

這個問題的解決方法，我也知道……

「朝第九方前進就行了吧？」

「哈哈！搞什麼，跟我要說的方法根本就不一樣嘛！」

「那當然，因為我又不是小桑。」

無論多麼煩惱，都不構成否定當下的理由。

既然這樣，我也只能好好接受她們的心意，以我自己的步調往前進。

之後的事就隨他船到橋頭自然直吧。

「也對！花灑說得沒錯！」
朝正前方的小桑一看，發現他帶著一如往常的熱血笑容守望著我。
他就只是在笑，可是，這笑容比什麼都讓人放心。
「……謝啦，小桑。多虧你，我舒坦多了。」
「那還用說？因為我是你的好朋友嘛！……對了，可以再說一件事嗎？」
「嗯？怎麼啦？」
「有沒有哪一個女生……是你唯一特別喜歡的？」
唔！你問得有夠正中直球啊。
對了，今年地區大賽的決賽時，小椿也問過我一樣的問題。
當時我沒能好好理清自己的心意，所以回答不出來，但現在的我……

「有啊。有唯一一個特別喜歡的女生。」

我自覺到這個心意是在暑假的尾聲。
因為最後回顧時，最鮮明地留下的就是我和她兩個人之間的回憶。
……沒錯……就是有……我有個特別喜歡的女生。
「這樣啊。那你可要好好告訴這個女生你的心意啊…………因為如果說不出口，到時候

你一定會後悔的！」

雖然不知道理由，但我覺得小桑這句話特別沉重。

搞不好他有過這樣的經驗。

「嗯，知道了……啊，剛剛我們說的事情，如果你可以盡量不要說出去……」

「我當然知道！這是男人和男人的約定！我不打算跟任何人說！」

「謝啦。」

「好！那我們回去吧！畢竟如果花太多時間，大概會被葵花罵啊！」

小桑的手搭到我的肩膀上，像是帶著點力道推我一把。

一想到這隻手就是帶領西木蔦高中在甲子園拿到亞軍的手，就讓我有種連自己都跟著變強的感覺……謝啦，每次都推我一把。

小桑果然是最棒的朋友……嗯？

總覺得成就樹的方向傳來一些聲響……是錯覺嗎？

……沒事，應該是錯覺吧。

＊

翌日午休時間，似乎也是受到繚亂祭影響，來圖書室的學生比較少。

因此跟平常不一樣，我們所有圖書室成員得以一起吃午飯。

……不過這樣看過去，就覺得人真的變多了。

第一學期的初期，圖書室還只有我和 Pansy，但現在除了我和 Pansy，還多了 Cosmos、葵花、小桑。再接著有小椿、翌檜，從第二學期起更多了山茶花與紅人群的各位，後來連小柊也加入了。

人數實在太多，一張桌子坐不下，所以得動用兩張桌子……總覺得忘了一隻呆子，不過應該沒關係吧。

「嘻嘻嘻！好久沒像這樣大家一起吃飯了耶，翌檜！」

「就是啊，葵花！」

坐在正對面的葵花與翌檜帶著天真的笑容聊著這樣的話題。

看來她們也有大同小異的感想。

「像這樣大家一起吃飯，就覺得比平常更好吃呢，Cosmos 學姊。」

「是……是啊，Pansy 同學。還是大家一起……才最開心了……」

她對這句話表示贊同之餘，聲調卻有些落寞。

大概是因為她是我們這些人當中唯一的三年級生吧。

第二學期……再來的第三學期結束，Cosmos 就要畢業。

到時候，她就再也沒辦法和我們一起在圖書室吃飯了……

「啊～～那個，Cosmos會長，我都忘了問妳，妳考試準備得怎麼樣了？」

我忍不住想和Cosmos說幾句話，不由自主地問起。

「這你不用擔心的，花灑同學。因為我想讀的醫學院似乎勉強可以靠推薦通過，我打算以後也一樣來圖書室幫忙。」

真不愧是超級學生會長。

早就用我無望成功的手段拿到了醫學院的入學資格嗎……

然後，妳為什麼用期待的眼神頻頻瞥向我？

「所……所以該說是預祝嗎……學生會也會在繚亂祭擺攤，如果花灑同學不介意，希望你也能來幫忙！那個，今天放學後……」

「Cosmos學姊，不可以！花灑要跟我準備班上的東西！」

「嗚！可……可是，花灑同學一臉也想來幫忙學生會的表情……」

我沒有。我反而想問那是什麼表情。

而且為什麼預祝考上大學的方式是去幫忙學生會的工作啦？

「就是啊，Cosmos學姊。花灑還要來我班上幫忙，我覺得再給他更多負擔不太好。」

「喂，Pansy，這我也都沒聽說耶。」

「應該是因為我才第一次說吧？不過你放心，只要來我班上幫忙，就送非常美妙的優惠喔。」

「……我姑且聽聽看。」

「只要現在綁約，就送跟我放閃到飽方案。」

「是嗎？我拒絕。」

就算妳說得像是手機優惠方案，這一點也不優惠。

「Pansy 也不可以這樣！因為花灑已經答應過，要一直跟我一起努力做繚亂祭的準備工作！」

葵花，這我也沒聽說過耶。

我是打算跟妳一起努力沒錯，但說一直跟妳一起是不是過火了點？

「可是葵花，妳也要去幫忙網球校隊吧？到時候……」

「不用擔心，翌檜！我會努力的！」

出現了，葵花理論。

雖然不知道她是要努力什麼，但看樣子是打算硬拚解決。

不過說起來，Pansy 會好好參加繚亂祭的準備工作就讓我有點意外。

這樣一來，另一個跟她同班的小柊……

「小椿！我烤了烤雞串來！只要吃了這個，做準備工作的疲憊都會飛走！」

從她的口氣聽來，她多半也有參加。

小椿是店長，因此以店為優先，但小柊終究只是助手，這差異應該就是這麼來的吧。

倒是小柊啊，妳在隔壁桌帶著天真的笑容遞出烤雞串是很惹人憐愛沒錯，但妳是不是已經忘了昨天妳才惹火小椿，讓她對妳宣告絕交？

「…………」

好的，小椿徹底無視。當然會這樣了。

「山……山茶花！小椿不理我！這是為什麼！」

「不就是因為妳昨天惹小椿生氣嗎？」

「昨天的事是昨天的事！人不應該回頭看，應該要看當下！」

同一句話由不同人來說，分量真的會不一樣啊。

「所以，小椿從今天起應該就會對我好！」

「怎麼可能！妳為什麼都只往對自己有利的方向想！」

「可……可是，山茶花就算對花灑生氣，隔天也會對他好！像上次妳罵了花灑以後，馬上又擔心起他，還看準機會找他說話──」

「嗚呀啊啊啊！小……小柊，妳先安靜一下！」

「嗚咦咦咦咦！為什麼要吼我～～！我明明只是說了實話～～！」

因為並不是說實話就什麼話都可以說啊。

加油啊，山茶花。我湊巧坐隔壁桌，所以就當作自己完全不知道妳們在說什麼。嗯，我什麼都沒聽到。真的，什麼都沒聽到。

「山茶花，歡迎來到這一邊呢。」

小椿似乎因為找到被小柊添麻煩的同道而開心，顯得心情大好。我絕對要避免加入她們那一邊。

「啊！對了！花灑花灑！燈花典禮，你要怎麼辦？」

「妳說了我才想到，繚亂祭的前夜祭的確有這個節目啊！繚亂祭的晚上，用燈飾點綴校園！從屋頂看過去，就會看到燈飾排成我們的校名——西洋木蔦（註：即常春藤）葉子的形狀！這個節目會在前夜祭舉辦，這個時候參加者會把花送給重要的對象，可是一個超重要的節目啊！」

「補充說明一下，本來這個節目就只是點亮燈飾，然後學生們一起看，但不知不覺間，學生之間多了一些傳言，說只要在這個時候送花給重視的對象，對方就會感受到心意，就這麼成了一種傳說！」

小桑、翌檜，你們到底是在對誰講解燈花典禮？

雖然不重要，但我們學校的傳說也太多了吧？是有什麼勇者在校嗎？

「燈花典禮啊。這個嘛，我——」

「你不會『和小桑一起』參加吧？」

「才不會！」

真是的，Pansy 到底在說什麼鬼話啊？

我怎麼可能這麼做呢！哈哈哈！……唉。

「放心吧，Pansy！因為我已經先跟花灑以外的人約了！」

真的假的！……呃，你說先跟人約了？

「小桑，你說的該不會是經理蒲公──」

「她說什麼：『唉～～！燈花典禮上，如月學長等諸多棉毛粉應該都會來送我花吧！天使有時候真的是罪孽深重……相信他們送我的花一定會是水仙吧！花語是「神祕」，送我實在很貼切！唔哼哼哼！』」

原來如此，的確是很貼切。畢竟水仙的花語除了「神祕」之外，還有「自作多情」、「自私」、「自戀」等等。雖然我根本就不會送她。

不過，既然不是那個呆女生，也就表示小桑另有別的對象？

是誰？如果是女生，棒球隊裡除了蒲公英，應該沒有別的女生了……

「花灑！小桑的事不重要！我想聽花灑怎麼說！花灑會送花給『唯一一個特別喜歡的女生』吧？」

「就是啊！這我不打算寫成報導，所以告訴我，花灑打算送什麼花給『唯一一個特別喜歡的女生』！」

「我也以為花灑同學會參加燈花典禮，送花給『唯一一個特別喜歡的女生』耶。」

葵花、翌檜、Cosmos，別這麼催我。

我是有這樣的對象沒錯，但我還沒決定要不要送……呃，不對？
不對不對不對～～？她們三個說話的口氣不對勁吧？
為什麼她們從剛剛就一直說出「唯一一個特別喜歡的女生」這句話？
這句話，我只有昨天在成就樹旁邊跟小桑說過……不對，應該不會吧～～！
怎麼可能呢……
「我覺得花灑同學應該要送花給昨天在體育館後面跟小桑說話的時候，提到的那位『唯一一個特別喜歡的女生』。」
肯定走漏消息啦～～～！等等，慢著！
為什麼我最想隱瞞的最高機密會這樣完全洩漏出去？
「妳……妳們幾個，為什麼知道這件事……嘔噁！」
「花灑，你要寵我！小椿和山茶花都欺負我～～！」
啊啊啊啊！小柊妳這傢伙，不要因為討不到人寵就突然跑來我這邊搖晃我的身體！
「小柊，現在不要這樣！我還有別的事情非做不可！」
是誰！這個把我的最高機密洩漏出去的萬惡罪人是誰！
照理說應該只有小桑知道……
「不，我可沒對任何人說喔。」
他很乾脆地搖搖手否認。

這樣一來，就是小桑以外的人洩漏出去，可是……

「花灑，我的忍耐也到極限了！快寵我！快點！快點快點！」

「吵死了！而且什麼叫作忍耐的極限！忍耐的極限咧！」

「昨天放學後，我忍受不了繼續待在班上而躲到體育館後面的時候，花灑都沒發現我，這是這個忍耐的份！我好寂寞好寂寞！」

「開什麼玩笑！為什麼只因為沒發現妳……呃，喂，小柊。」

這女的，剛剛說了不能當作沒聽見的話吧？

「什麼事～～？」

「妳昨天放學後……待在體育館後面？」

「我在啊！為了班上要擺什麼攤位，大家找我講各種事情，讓我好害怕，所以就跑到體育館後面的草叢躲起來！結果花灑和小桑就一起來了！本來我很想跟你們一起說話，可是你們男人跟男人之間談得很認真，所以我就忍著繼續躲！」

「所以這是怎樣？妳這傢伙，把昨天我和小桑說的話全都聽……」

「嗯！花灑說這件事盡可能不要跟別人說，所以我也先跟 Pansy 說這件事盡可能不要跟別人說，然後才告訴她～～！」

原來萬惡的罪人就是妳啊～～！不對，就算是這樣也說不通！為什麼 Pansy 以外的人也知道！

雖然小柊怕生的毛病多少改善了，但比起常人，還是壓倒性地怕生。

我怎麼想都不覺得這女的會特地跑去別班，跟Cosmos她們說這些事情。

「既然這樣，為什麼連其他人也……」

「我也先強調要盡可能保密，然後才告訴Cosmos學姊、葵花、翌檜和山茶花。你放心吧，除此之外我沒和任何人提起一個字，萬無一失。」

「妳懂不懂？妳懂不懂這幾個人就是我最希望妳疏漏的地方？」

「也對……如果用四個字來表達我現在的心情，就是……害羞吐舌♪」

這世上可曾有過如此增長恨意的「害羞吐舌」？

倒是昨天，我才想說怎麼成就樹那邊傳出聲響，原來那是小柊喔！

真沒想到我最大的祕密會以這樣的方式洩漏出去……

「還……還好啦，我也沒什麼興趣！可……可是，如果你堅持要說，我也不是不能好心聽你說話喔。雖然我沒什麼興趣啦！」

啊，如果沒興趣，可以請妳安靜一下嗎？我現在沒心思應付。

「小……小柊……」

「啊！花灑好像會寵我！我有好好顧慮到你們男人與男人之間的談話，躲著沒出來，所以你要多誇我！快點，快點快點！」

小柊把頭湊過來往我身上直蹭。

我盯著這樣的小柊，先擠出笑容，然後……

「我要跟妳絕交～～～～～！」

「嗚咦咦咦咦咦！為什麼會變成這樣～～！我什麼都沒做啊～～！」

「妳做得可多了！而且妳都知道不要參與男人和男人之間的談話，為什麼對我希望保密的事情就直接洩漏出去！」

「我有忍耐！我都有盡可能不找任何人說～～！」

「洩漏的後果最嚴重的地方妳都精準地洩漏了，真虧妳敢說這種話啊，喂！」

「花灑！歡迎來到這一邊呢！」

小椿似乎因為找到被小柊添麻煩的同道而開心，顯得心情大好。我絕對要避免加入她們那一邊……本來我不想加入的啊～……

＊

今天放學後，我也留在教室進行繚亂祭的準備工作。只是今天變成懷著和昨天完全不一樣的厭煩心情，努力工作。

真沒想到我的機密情報竟然洩漏給 Pansy 她們知道了……

所幸我「唯一一個特別喜歡的女生」是誰這件事總算還是瞞了過去，但有這樣的對象存在這件事已經被攤在陽光下了……糟透了。

「花灑花灑！今天得去 Cosmos 學姊那邊一趟！要去申請學校開放出借的器材！」

葵花根本不管我頭上烏雲密布，帶著天真爛漫的笑容跑過來。由於預算有限，能跟校方借的東西當然是用借的最好，但在這之前，有件事得先問清楚。

「葵花，妳今天不是要去網球隊幫忙嗎？像小桑和翌檜也都不是留在班上，跑去社團進行準備了……」

「嗯！對啊！可是，我想跟花灑一起！」

「……話先說在前面，我可不打算去幫忙網球校隊！」

這已經不是對誰特別待遇的問題，而是根本上就很麻煩。

「我知道啦！所以我想了辦法！」

「什麼辦法？」

「兩邊都做的辦法！只要一起做班上和網球隊的工作，問題就解決了！」

乍聽之下這辦法有道理，但由葵花來說就會讓人不放心，大概是因為過去她已經有過太多各式各樣的前科吧。

「妳要怎麼兩邊一起做？」

「首先，就是去網球隊吧～～然後，花灑跟我一起把網球隊的工作做完！」

「這樣不就只是我被迫去幫忙網球隊的準備工作嗎？因此，駁回。」

「不用擔心！花灑幫忙的份，只要請網球隊的人來幫忙班上的工作就沒問題了！」

喔？這方案倒是有點正常……聽起來是這樣，然而……

「妳說的『網球隊的人』，是誰？」

「我！」

我就知道是這樣。

真不知道她怎麼會好意思一臉跩樣地指著自己……

「跟學生會申請器材的事我會做好，妳給我去網球隊。因此，駁回。」

「我想跟花灑一起！求求你！這是一般的請求！」

是「一生的請求」吧。如果是「一般的請求」，聽起來就有夠不值錢的。

「不行，翌檜和小桑也都有好好兼顧班上和社團，妳既然要做，就該兩邊都好好做。」

「哼～～！花灑壞心眼！哼～～！」

到頭來，鬧彆扭的葵花走出教室離開了。

她真的是只要事情不順心，動不動就鬧脾氣……

那麼，我也趕快寫一寫器材申請書，送去學生會吧。

*

「你……你等一下啦！」

來到走廊上才走幾步，就聽到背後有人叫我。

「嗯？山茶花，怎麼啦？」

何必這樣從教室衝出來，跑得氣喘吁吁？

「你……你！現在要去學生會對吧？去提交器材申請書！」

「對啊，我是這麼打算……」

「是……是嗎？跟你說喔，呃……你一個人去很辛苦吧？湊……湊巧我正好沒事，要我幫忙也行的！這是超級破例幫忙！」

山茶花覺得我會很辛苦，所以特地表示願意幫忙，她人怎麼這麼好！

雖然我不知道提交申請書是有什麼事情要幫忙，但相信她自己一定是出於好心才這麼說的吧，除此之外應該沒有任何企圖。錯不了。

「這樣不要緊嗎？山茶花還得做衣服，我覺得應該比其他人忙吧。」

「完全沒問題！做服裝的工作，只要對你的部分馬虎點就好了！你也知道，你本來就像妖怪！」

好，馬上給我滾回教室去，然後乖乖做妳的衣服。

「哎呀～～！這該不會是……山～～茶花？」

結果這個時候，山茶花背後傳來一個很亢奮的說話聲。

「咦？妳是……」

「耶～～！Primula登場啦～～！」

這個比出勝利手勢，手前後擺動的女生是早乙女櫻。

她留著有點蓬鬆的中短髮，身材修長苗條。身高和我幾乎沒兩樣，大約一七〇公分。是個上揚的眼角給人深刻印象的女生。

至於個性，看她的言行也知道，總之就是個很High的傢伙。去年她和我跟山茶花同班，但今年不同班，是跟Pansy與芝同班。

綽號的由來是從她的全名中去掉「早」，就會變成「乙女櫻（Primula）」。（註：中文為報春花）

她的名字和Cosmos同類，形象卻完全不一樣，總讓我覺得不太適應。

「喔！花灑也在嘛！嚇我一跳！」

「也沒什麼好嚇一跳的吧，Primula。」

「怎麼會呢！你的個性和去年完全不一樣，當然會嚇一跳啦。」

唔！Primula這傢伙，就愛多嘴……

我在第一學期的前半恢復了這樣的個性，看在別班同學眼裡會很新鮮，這我是懂啦。

「不好意思喔……」

「沒什麼好不好意思的啊～～？這樣的花灑，說可以也是很可以！哈哈哈哈！」

「——所以，有什麼事？我正要跟這傢伙去學生會耶。」

山茶花同學，我沒答應要妳幫忙喔。

「咦，是這樣嗎？哎呀，其實我來是有事要拜託山茶花！我們班要辦角色扮演咖啡館，但沒有人會裁縫。然後我聽到風聲說山茶花很會裁縫！所以想請妳來教學一下……」

「我才不要。自己班上的事情，在自己班上解決好不好？如果沒有人會裁縫，就去買市面上的衣服來用啊。預算不就是這樣用的嗎？」

的確如她所說。

「如果可以，我們已經這麼做啦～～！只是啊，我們班在裝潢上應該會很花錢！所以，我們去追加申請費用來補服裝的份，學生會長卻說『不能在預算上只給一個班級特別待遇』拒絕我們！那個學生會長真的好小氣！」

講道理卻被抱怨，學生會長可真難為啊。

「所以，我們非得自己做衣服！就是這麼回事，拜託看在我和山茶花的交情！」

「我倒是覺得我和妳沒那麼熟吧？」

「咿～～！原來妳沒把我當朋友，我好震驚。喔喲喲喲……」

妳的假哭假得真澈底耶。

不過，山茶花說的話也沒什麼錯。

從去年起，山茶花就名列紅人群，Primula 則有一部分是因為參加壘球隊，在女生的圈圈裡是屬於吶喊群。

所以，她們雖然並未交惡，卻也說不上是交好……她們兩人之間的關係就是這樣。

——啊，我都忘了，要說吶喊群（賣力圈子）是什麼，就是一群體育派的女生經常聚在一起，在各種活動中扛起炒熱氣氛的工作。其實，在第二集就曾經只讓這個名字登場過，所以事隔兩年……我說錯了，是事隔五個月能夠回收伏筆，讓我有點笑咪咪的。

「所以，事情談完了。好啦，我們趕快走。」

「喔……好……知道——」

「呿～～山茶花重視男人勝過朋友嗎？真是個戀愛中的少女呢～～」

啊，等等，Primula，妳這發言……

「我……我我我又不是這樣！就只是以同班同學為優先！而……而且就算我不去幫忙也沒關係！只是提交申請書，一個人也辦得到！」

山茶花啊，妳這幾句話要不要說給不久前的自己聽聽？

「喔！那妳是說妳不去幫花灑，會來幫我？」

「～～～～！好啦！我幫，我幫總可以吧！」

「耶～～！Thank you very much！那麼花灑，我把山茶花借走嘍～～！」

「啊……好啊……」

「嗚嗚～～！虧我還想著難得有機會一起……」

山茶花依依不捨地喃喃說出這句話，和 Primula 一起離開了。

……好啦，雖然發生了意料之外的事件，這次就真的前往學生會吧。

＊

我來到了目的地——學生會室門前，所以敲了門。

「請進。」

能像這樣聽見門後傳來 Cosmos 的聲音，也只到改選為止了啊。

學生會的改選是繚亂祭結束之後就要進行。

到時候，即使來到學生會……一想到這裡，就忍不住又敲了一次門。

「……嗯？請進。」

Cosmos 微微不解之後，再度溫和而平靜地說了聲：「請進。」

嗯，有點滿足了。那麼，這次就真的進去吧。

「失禮了。」

「……噢，是花灑同學啊。你來申請器材嗎？」

Cosmos 有著冷靜鎮定的笑容。
她正在執行學生會的業務，所以說來理所當然，現在她是開啟認真的學生會長模式。
「是。我來提出我們班的器材申請書，請妳看一下。」
「好的……只是，可以請你等一下嗎？在這之前，我得先看看他的資料。」
Cosmos 把愛用的粉紅色筆記本——通稱「Cosmos 筆記」攤在桌上，露出有些老神在在的笑容。
然後，有個學生會的男幹部雙手扠腰，兩腳大開站在 Cosmos 正對面。
「花灑……嗎？我馬上……好。」
「知道了……山葵學長。」
呃～～這個說話最後一個字總是要停頓的人，是山葵學長。
他是我的學長，是西木蔦高中三年級生，就如剛才所說，是學生會幹部。
身高達一九〇公分，個子非常高，但他很瘦，是竹竿體型。
始終像在品評獵物的銳利眼神，以及沉默寡言的個性，導致常有學弟妹很怕他。實際上他人還挺不錯就是了。
只是，這位山葵學長呢……該怎麼說，有些地方相當奇怪，至於說哪裡奇怪……
「秋野，妳就儘管被我這澈底到體無完膚的資料嚇破膽……吧！」
就是他把 Cosmos 當成對手看待，完全不掩飾敵意……

根據以前聽到的說法，原因是他一直到國中時代都維持學年第一名的成績，但上了高中遇到 Cosmos 之後，就永遠都是全學年第二名了。

順便說一下，這個情形仍在持續，山葵學長一次都不曾贏過 Cosmos。

我倒是覺得看個資料應該不至於嚇破膽啦。

「……嗯，你的手腕還是一樣俐落啊。各班、各社團需要的器材都整理得很清楚，很有條理。」

「那當……然！沒有什麼事是秋野做得到，而我做不到……的！」

啊，這是山葵學長的口頭禪。

他有事沒事就會說：「沒有什麼事是秋野做得到，而我做不到……的。」

「啊～～……只是，可以跟你說一件事嗎？」

「唔？什麼……事？」

「這資料註明了需要的器材件數與用途，以及所需的費用，很有幫助，但如果能把所有費用加總的累計金額也記載上去，就會更有幫助。雖然撥出去的預算是統一的，不過應該不是所有班級和社團都會用光吧？為了安全起見，我還是希望能先知道校方給予的合計預算會剩下多少。」

「妳說什……麼？也、也就是說，我的資料有缺……漏？」

也不必這樣一臉世界末日來臨似的表情吧？

「與其說有缺漏，不如說是不充足。可是，其他部分都很完美，沒有問題。不然晚點我來……」

「開什麼玩……笑！秋野，妳這是打算對我放水……嗎！」

啊，山葵學長生氣了，還順便把 Cosmos 手上的資料一把搶了過去。

「我沒有這個意思……」

「我哪能接受妳的同……情！想也知道，我要自己修……正！」

為什麼呢？他本人大概很生氣，但因為語尾有停頓，聽起來就是有點畏縮。

「既然你這麼說，就交給你處理了……」

「給我記住，秋……野！我現在就去製作澈底得體無完膚的資……料！到時候，就是妳的末日……了！哼哼……哼！」

不用連笑聲的最後一聲都停頓吧？

「啊！等一下！也有些班級和社團已經快要超出預算，所以作為預算削減案，校方可以借出的器材清單在這裡……走掉了……」

的確走掉了。氣沖沖地走出去了。

我看這急性子就是他贏不了 Cosmos 的理由吧？

畢竟只是整理資料，在學生會室做不就好……啊，不行吧。因為如果在學生會室整理，說不定就會不小心聽進 Cosmos 的建議嘛。

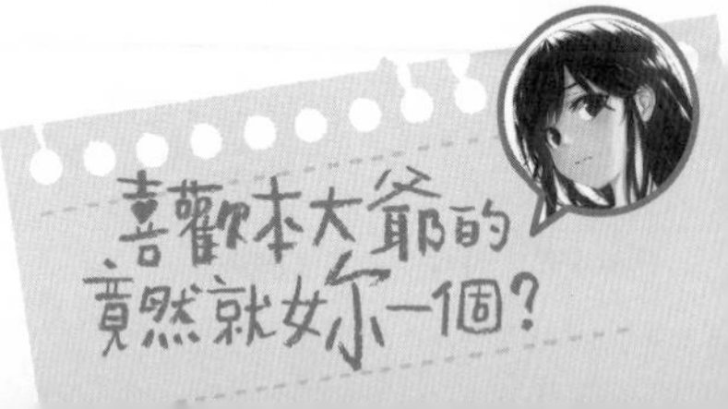

這對那個神祕自尊心的結晶來說，想必相當難熬。

「……呼～～他還是一樣很有精神呢。」

已經不只是有精神，是很逗趣了吧。

「是啊……該怎麼說，雖然也覺得有夠用力在空轉的……」

Cosmos 大概是跟他來往了三年，已經很習慣，顯得有夠冷靜的。

「不會的。多虧有非常優秀的他在，我也覺得不能輸，才能夠那麼努力。對我來說，他是很靠得住的朋友，也是對手。」

小椿和小柊也好，Cosmos 和山葵學長也罷，為什麼晚出現的對手都是低階相容版？我遇到的時候就碰上強得不得了的高階相容版……

「啊，不好意思讓你久等了。那麼，我看一下花灑同學你帶來的申請書。」

「啊！麻煩妳了！」

所以呢，山葵學長也走了，就在只剩我和 Cosmos 的學生會室裡提出申請書。

明明是在校內，但整個空間只有我們兩個在，就讓我有點緊張。

「…………嗯，花灑同學班上要辦鬼屋啊。大致上沒有問題，只有人體模型大概很難借出。」

「咦，是這樣嗎？我們就只是要把它擺在鬼屋裡……」

「如果有人嚇一跳，弄壞了人體模型，問題可就大了。其實，人體模型是相當高價的東西。」

「高價大概是多少錢？」

「我想想，你可以當作跟你一年份的打工薪水差不多。」

人體模型竟然這麼貴！既然這樣，我們反而不敢借，還是算了吧。

「這樣的話，就不用了。因為只要跟班上的大家說明情形，大家應該都會明白的。」

「呵呵，這樣就好……嗯，其他都沒問題。我會在明天之前準備好。」

「好，我明白了。」

「好，被明白了。」

Cosmos 以鎮定的聲調把我說的話改掉一點之後又說了一次。

當學生會長時的 Cosmos 真的是老神在在啊。

「那麼，我就先走了。我還得去忙班上的準備——」

「慢、慢著，花灑同學！該做的事情都做完了，要不要喝杯茶再走？你想想，難得！難得只有我們兩個在！好不好？好不好！」

喂，妳的老神在在跑哪兒去了？

不要用有夠敏捷的身手站起來，一把抓住我的制服。

「……只喝一杯喔。」

「嗯……嗯！這樣就夠了！那麼，你在那邊坐著，一動也不要動，等我！」

妳的說法也太嚇人了吧！
到剛剛還那麼可靠的學生會長 Cosmos 已經消失得無影無蹤，圖書室版的 Cosmos 踩著慌慌張張的腳步聲，做泡茶的準備。
「……好、好燙！」
「妳還好嗎！沒有燙傷吧？」
唉～～就是因為急急忙忙才會這樣……手都被熱水潑到了。
「當……當然不要緊！這點小事，用不著去醫院！」
我沒這麼擔心。
只是覺得最好冰敷一下。
「好……好了！久等了，花灑同學！」
Cosmos 急急忙忙做好了準備，從茶壺把茶倒進茶杯。
倒茶的聲音在安靜的學生會室響起，感覺格外令心情鎮定下來。
「那個，比起 Pansy 同學的紅茶可能是差了點，但也挺好喝的！」
「……是，的確挺好喝的。」
「對……對吧！那你就別客氣，一口……不對，你只喝一杯……燙傷還是不好，所以你慢慢喝！」
「是喔……」

「呵呵，這種平靜的時間也挺不壞的呢。」

妳的情緒起伏會不會太劇烈？已經鎮定下來了耶。現在是什麼情形？

我實在搞不太清楚 Cosmos 是早熟還是稚氣。

「其實最近因為繚亂祭的事很忙，我也已經好久沒能像這樣慢慢來了。所……所以……那個，正好在這個……時間點，能夠和花灑同學一起……我……我很開心……」

「謝……謝謝學姊。」

Cosmos 啊，如果說了會這樣臉紅，就不要如此勉強自己了。

剛剛那幾句話，連只是聽著的我都相當難為情啊。

「「…………」」

……不妙啊，形成了某種莫名的沉默。雖然不至於尷尬，但很難為情。

「總……總覺得那個！我們這樣喝茶，就會稍微想起以前的學生會，那個……愈想愈懷念啊！」

我承受不了這種氣氛，硬是擠出了話題。

只要就這麼聊開，這種氣氛也多少會……

「就……就是啊！以前你就在當書記……啊！對了！」

嗯？Cosmos 這傢伙是怎麼啦？

突然露出想到什麼似的表情。

「花灑同學，難得有這機會，我可以問你一個問題嗎？關於你，從以前我就有一件事很好奇。」

「……是午休的那件事嗎？」

「你放心，不是那件事。之前不也說過了嗎？」

這能不能放心，我是挺有疑慮，不過眼前就先別追究了。

「現在的你和一年級的時候，個性很不一樣吧？」

「是……是這樣沒錯。坦白說，之前我都隱藏自己的本性……」

這多半是湊巧，剛才 Primula 也提起了類似的話題。

「我好奇的就是這一點。那個，你為什麼要隱藏自己的本性呢？」

「唔！這……這是因為，我覺得那種安分的個性，可能會受女生歡迎……」

「真的只是這樣嗎？」

不妙啊……Cosmos 個性很少女，但相當敏銳。

「例如說，如果是因為交友關係上的煩惱而隱藏本性，那就可以理解。我在學生會的時候跟待在圖書室的時候，態度也有那麼點不一樣。」

那麼點？啊，她本人是這麼認為的啊……

「可是，虛假的你，不管什麼時候都一貫維持那個個性。坦白說，我都有點心裡發毛。覺得：『為什麼花灑同學不管在什麼時候，對什麼樣的對象，都以同樣的態度來相處呢？為什麼不改變態度呢？』」

「心裡發毛嗎……」

「嗯，心裡發毛。」

也不用說得這麼直接吧。

「搞不好……你另有別的理由才會隱藏本性？」

說來的確是這麼回事啦。

……沒錯，我開始隱藏自己的本性是從升上國中開始，但除了想受女生歡迎的念頭以外，還有一個理由。

「…………」

「那個……如果你不方便說，也不必說啦……」

Cosmos 大概是在意我的沉默，說得有點客氣。

她微微縮起身體的模樣硬是挺可愛的。

「以前，我搞砸過一件事……沒有辦法挽回的那種。」

本來我不打算對任何人說起這件事。

事情本身就讓我根本不想回想，而且我在這件事當中就只有悲慘又沒出息。

可是，既然 Cosmos 這樣問起，我就說吧。

畢竟我昨天和小桑談話的時候就下了決心。

決定當對方全力面對我，我也要好好全力去碰撞。
「我國小的時候，除了葵花以外，還跟一個女生很要好。」
「除了葵花同學以外？這個人，該不會……」
「是……是這樣沒錯啦。說來有點難為情，就是所謂的初戀……」
「好羨慕她喔……」
話說回來，我已經好一陣子沒見到她了……
「在學校還有其他人在，所以我覺得很害羞，幾乎都沒跟她說到什麼話，但是等到放學後，我們常和葵花三個人一起玩。大家從不同的教室走出來，在走一小段路就會到的商店街會合。」
「呵呵，花灑同學也曾經是小學生呢。」
那還用說？
「只是……有一天，發生了一起事件。事情很小，但對小學生而言很嚴重。」
「事件？」
而經此一事，我就決定偽裝自己。
「當時，我們班女生之間很流行收集貼紙。」
「噢，聽你這麼一說，我那時候也很流行呢！因為貼紙都設定在小學生正好買得起的價格，大家都會去買各式各樣的貼紙，還會互相交換。」

「結果就是為了這些貼紙，發生了一起事件。」
「事件？到底是……」
「是竊案。當時成了全班領袖的女生貼紙不見，就開始找犯人。」
「難道說，被懷疑的……」
「對，就是她。」
她和我與葵花很要好，但和其他女生之間的關係不好。
因為她不自我主張，隱約有種不讓人接近的作風。
一個本來就在班上有些孤立的少女；靠臆測傳開的不好流言。在這種時候發生的竊案。
女生們立刻認定東西是她偷的，開始指責她。
「發現東西不見是在體育課結束後，所以大家就說是有人在換衣服的時候偷走了。而她是最晚來上體育課的一個。」
「這樣的話，也有可能真的是她偷的？」
聽 Cosmos 問起，我緩緩搖頭否定。
沒錯，東西絕對不是她偷的，這我非常清楚。
「不是的。因為她之所以最晚去上體育課，原因就出在我身上。」
「出在花灑同學身上？可是照你剛剛說的，你們在學校裡都沒在一起……」
「我們兩個偶爾會在不會被大家發現的時間，想出幫花圃澆水等各式各樣的藉口，偷偷見面。雖然不是什麼大不了的事，但偷偷見面本身就有令人開心的一面。所以，我只要說出這件事就好了……可是，我說不出口，因為我覺得被大家知道的話會被取笑。」

這是小學男生常有的事情，常跟女生說話的男生就容易被取笑。

然後也可能就此在班上變得格格不入。

我討厭這樣，所以明明知道東西不是她偷的，卻什麼都沒做。

「是這麼回事啊……」

「葵花拚命護著她，說東西絕對不可能是她偷的，但我什麼都沒做。而且我明明知道絕對能夠救她的方法……」

當時的事件，到現在我想起來都還會不寒而慄。

大家亂找理由，就是要把東西說成是她偷的。

「從之前她就一副很想要的樣子看著我們的貼紙」、「我看過她偷別人的貼紙」等等。

大家不負責任地說出自己先入為主的偏見，到頭來，他們就只是想拿揭露真相的名目創造出一個對他們有利的真相。

……可是最差勁的，是為了保身而沒說出真相的我。

「所以，結果事件怎麼收場？」

「是葵花解決的。葵花一直獨自堅信她沒有偷，說『只要好好找就會找到』，仔細檢查被偷的女生的抽屜，結果發現貼紙就夾在上一堂課用的課本裡。所以，事件本身是得到了解決……」

「但她深深受了傷。而她與你之間，也多了一道很深的鴻溝……？」

我默默點頭，回答 Cosmos 的話。

一切都解決之後，她的眼神，我到現在還記得。她一直用蘊含悲傷、失望與憤怒的眼神看著我，我太害怕，不敢看她的臉。

「所以，當時的我就想：『我要變成一個就算因為跟女生說話而被取笑也顯得不放在心上的傢伙。我要成為一個安分、無害，跟任何人都要好的傢伙。』」

這就是我決定偽裝自己的真正理由。

當然，私心也是有的……

「……對不起，讓學姊聽到令人不舒服的事情。那個……學姊對我失望了嗎？」

「每個人都有失敗的時候。拿我自己來說就很沒出息，今年的第一學期，我不就犯下了很重大的失敗嗎？」

「說來真的是這樣啊。」

「哈哈！你真敢說～～」

即使聽到這樣的事情，Cosmos 仍然不改與我相處的態度。

這讓我格外開心，忍不住開起玩笑。

然而……唯有當時的失敗，我萬萬不想再重蹈覆轍。

雖然這不構成對她的贖罪，但我還是絕對不要重蹈覆轍。

「順……順便問一下，她跟你的關係，現在，是……是什麼情形……」

「事件發生一個月後，她因為父母工作上的需要搬走了。搬去札幌。所以，小學直到最後，我都沒有再見過她。」

關係也沒有改善……

「是……是嗎！不對，我可以放心嗎？心情好複雜……」

Cosmos 表情變個不停的模樣莫名可愛，讓我忍不住笑了。

「我說，Cosmos 會長，關於這件事，如果可以，不要跟其他人……唔！」

Cosmos 的食指碰上了我的嘴唇。

「這是我們兩個人的祕密，對吧？」

「……！麻煩就、就這樣。」

呃，妳不要突然做奇怪的舉動啦！剛剛真的害我嚇了一大跳啊……

「那麼，這次我真的要回去了！」

我喉嚨渴得要命，所以一口氣喝光茶，站了起來。

再待可就有點不妙。腦子裡迴盪個不停的警報在告訴我這件事。

「啊，花灑同學！最後我可以說一句話嗎？」

「是什麼話呢？」

「兩週後的繚亂祭，我們要努力讓它變成我們美好的回憶。」

「O……OK！」

看著Cosmos溫和的笑容，讓我害羞得不得了，逃跑似的離開了學生會室。

她那是故意的嗎？還是沒多想？不管是哪一種都太棘手了吧……

可是，Cosmos說得沒錯。

今年的繚亂祭對Cosmos來說，會是最後一次的繚亂祭。

既然這樣，就得弄成最棒的回憶啊！

——原因是不是出在我有了這樣的念頭呢？

離舉辦只剩一週的時候，發生了不得了的事情。

至於是什麼事情……

就是燈花典禮要用的燈飾不翼而飛了……

這是有可能讓繚亂祭停辦的大事。

為什麼我就是沒辦法一帆風順地太平度日？

# 第二章

## 我以前也有過類似的經驗

隔週週一。

除了 Cosmos 以外的成員聚集在午休時間的圖書室閱覽區。

然而，我們的臉卻和充滿活力的上週迥然不同，明顯有著陰鬱的表情。

「唔唔～～……Cosmos 學姊還好嗎？」

「誰知道呢？就算 Cosmos 會長再有本事，這次的事態實在……」

葵花和翌檜說得沒錯，現在的狀況真的很不妙。

預計在繚亂祭的前夜祭——燈花典禮要用到的燈飾不翼而飛了。

燈花典禮是西木蔦高中的傳統節目，許多學生都衷心期待。

也是個非常重要的節目，甚至如果因為大雨造成無法啟用燈飾，就會讓繚亂祭本身都延期。

一旦燈花典禮無法舉辦……有可能讓繚亂祭本身也跟著停辦。

結果，現在西木蔦的氣氛糟到極點，整間學校都有種劍拔弩張的氣氛。

所以現在 Cosmos 人不在圖書室。

她在學生會集合，持續搜索燈飾的去向。

——到這一步都還是整間學校的問題，然而……其實除此之外，圖書室成員身上還發生了另一種奇妙的事態。

「今……今天的學校也好可怕喔！好多好多不認識的人，用奇怪的眼神看我！」

小柊這擔心受怕的發言。

所謂「不認識的人」絕對不是什麼可疑的大叔，指的是我們學校的學生。

然而，她說的話倒也沒錯。

我是不至於，但聽說其他圖書室成員上學後就集本校學生的莫名矚目於一身，而且這些視線……

「我也因為和小柊一起，被人用奇怪……用像是輕蔑的眼神看待，傷腦筋呢。」

「我是被男生用色色的眼光看……那到底是怎樣啦！」

「我是被女生們用悲傷的眼神看！明明我什麼都沒做啊！」

不知道為什麼，每個人聚集到的視線類型還各不相同。

本來這種情形通常都是落到我身上，但這次正好相反。

只有我沒事，其他成員全都出局，真是令人費解的事態。

說真的，為什麼會變成這種情形？

「不……不過，大家心裡都沒有底吧？既然這樣，現在就別放在心上了。」

聽到我這麼說，眾人紛紛點頭。

要是心裡有底，我反而會很傷腦筋，所以坦白說這下我放心多了。

也就是說，最大的問題還是……

「找不到燈飾就不妙了啊……」

最該第一優先解決的當然是這個問題。

這是超級重要的節目，甚至會決定繚亂祭是否舉辦，的確也是原因之一。然而……站在我的立場，我更擔心 Cosmos 的負擔。

「今天，我在午休時間前見到了 Cosmos 會長一會兒，她似乎為了燈飾的事情相當傷腦筋。無論學生還是老師，都一直問她繚亂祭能不能辦……只是，她是表現得很堅強啦，一副『我會想辦法解決』的模樣……」

真是的，既然傷腦筋，多少跟我們商量一下啊……

——不過也好。這樣的話，我們這邊就自己行動……

「我說 Pansy，有沒有什麼好的計畫？可以一舉翻轉這種狀況的妙計——」

「沒有。」

「什麼？」

Pansy，妳怎麼啦？總覺得比平常更一針見血……

「我說沒有……這次的事情非常困難，問題實在太大，不是我們這些尋常學生可以解決的。」

「呃，妳這結論……」

「Pansy，不可以這麼簡單就放棄啦！」

「就是啊！而且都沒好好查過就斷定辦不到，身為校刊社的一員，我不能接受！」

「葵花、翌檜，我沒有輕言放棄，也沒斷定辦不到。我只是說應該先想清楚再行動。」

說來也是這樣啦，我問的問題是「有沒有可以一舉翻轉這狀況的計畫」，而Pansy回答「沒有」。然而，也許她有只要花時間就能解決的計畫。

……只是就算這樣，Pansy的態度會這麼消極也是很奇怪。

「唔唔～～！也許是這麼沒錯啦，可是妳這樣說話好討厭！」

「哎呀，那可對不起了。」

雖然葵花生氣，她仍是一副冷漠的態度，顯得很不起勁。

換作平常，她多少會……

「Pansy，現在學校裡的氣氛糟透了耶。而且，被牽連進去的是Cosmos會長，她不是我們重要的朋友嗎！」

「現在的我無能為力，也不打算做任何事。」

喂喂，等一下，Pansy，妳在說什麼啊？

「妳……知不知道Cosmos會長是多麼……」

「喂，大家冷靜點啦！我們吵架也不會解決任何問題吧！」

好險～～要不是山茶花阻止，差點就要吵起來了……

「……！好啦！對不起啦，Pansy！哼！」
唉～～翌檜這傢伙，整個鬧起情緒啦。
何必這麼用力把臉撇開。
不過如果要坦白說出心意，我也和翌檜相同意見。
要不是山茶花阻止，我也可能已經搭這便車吼了起來。
我說真的，Pansy，妳是怎麼啦？
「大家不可以吵架啦！不用擔心！問題只要解決就好！」
小柊直到前不久還那麼怕生，現在雖說只有認識的人在，但竟然能夠這樣說出像樣的意見，的確是個令人感受到她有所長進的瞬間，只是……
「可是小柊，能夠解決現在這個狀況的好方法……」
「當然有！照我的計畫，可以完美解決！」
「……我姑且聽聽吧。」
「只要全部交給小椿，輕輕鬆鬆就可以清潔溜溜！」
她靠別人的作風還是一樣穩。
「我可沒有這麼無所不能。」
就是說啊～～就連小椿也沒辦法輕輕鬆鬆就清潔溜溜啊。
「妳不用謙虛！妳一定有好厲害好厲害的計畫！」

小柊啊，妳的信任太沉重了。
「哎，說有也是有啦……」
「小椿果然好厲害！把妳的計畫告訴我們！」
「……唉。小柊每次都這樣呢……」
小椿，妳的心情我懂，但現在請妳忍下來。
「快點！快點快點！」
「嗯。從今天起是繚亂祭的前一週，下午的課全都改成準備工作對吧？所以，我們大家利用這個時間，各自分頭去找找看燈飾，這樣應該不錯呢。當然班上跟社團的工作也要幫忙就是了。」
「小椿好厲害！嗯！我也贊成小椿！」
葵花露出天真爛漫的笑容，除了 Pansy 以外的成員也跟著用力點點頭。
雖然硬是覺得有點不痛快，但現在不是在意 Pansy 的時候了。
那麼，我也和小桑合力去找燈飾——
「好！那我就和棒球隊那些人合力，趁準備工作的空檔去找找看！」
唔……如果可以，我是希望可以和好朋友一起行動，但看來是沒辦法。
這次的事情規模也大，人數還是愈多愈好。
而且如果是我們學校的明星集團棒球隊，那就更不用說。

「我就跟剛剛說的一樣，在想到像樣的方法前，我什麼都不會做。」

「嗯，知道了呢。」

既然 Pansy 也有自己的想法，那應該還是讓她自由行動比較好吧。

而且她不說在想什麼，應該就是不希望我們問。

「我會和艾莉絲她們合力找二年級的女生問問看！別看我這樣，我人面可是挺廣的！」

「ＯＫ！那我們就努力去找出燈飾吧！」

「「「Searching！」」」

山茶花……應該說紅人群的各位，要以穩定的團隊力量搜索是嗎？

「那我就和小柊一起，去找各式各樣的對象打聽呢。」

「我跟小椿一起嗎！太棒啦！我好高興好高興～～！」

「畢竟小柊很擅長躲起來偷聽別人講話，就請妳好好發揮這種能力呢。呵呵呵……」

「小椿依靠我了！包在我身上！我會努力！」

「嗯。靠妳了呢，小柊。」

「哼哼～～！再多誇我幾句～～！」

小柊啊，被稱讚覺得高興是很好，但妳有發現嗎？

這女的是打算把妳丟進人群裡耶。

不過，小柊的偷聽技能之高，我前幾天才親身體認過，而且既然有著能夠完美駕馭她的

小椿在，想必會成為戰力吧。

……不過，這表示小椿也要跟我分開行動啊。

小椿的幹練，比起Pansy和Cosmos是有過之而無不及，如果她可以跟我一組，會幫我大忙，但這也沒辦法吧。

……嗯？這就表示，我得和剩下的成員一起找燈飾？

要說成員裡還剩下誰……

「翌檜！我們要和花灑一起搜索！」

「就是啊，葵花！」

啊啊～～……是妳們啊～～……好死不死，偏偏是一對小不點搭檔啊～～……

「我會努力的～～！花灑，只要交給我，等於有百忍力！」

是「百人力」吧。要唸錯反而比較難吧？

「呵呵呵！花灑，讓你見識我實力的時候終於到了啊！只要用上校刊社要採訪的這個名目，在校內都可以自由活動！這是我最拿手的領域吧！」

這是為什麼呢？她說得沒錯，但我心中為何會強烈湧起不安呢？

然而，她們大概絲毫沒察覺我這種心情吧。

小不點搭檔往我這邊磨蹭過來，露出滿面笑容。

她們各自的馬尾和呆毛搖得像狗尾巴一樣，這到底是怎麼弄的？真是人體的奧祕。

「我們要加油喔，花灑！」
「我們一起加油吧，花灑！」
「好……好喔……」
這種非得由我想想辦法的氣氛實在有夠強……好，就加油吧！

*

午休過後的下午，就如同先前小椿所說，從今天起全校都要正式進入繚亂祭的準備期間，所以不上課。從現在開始就跟放學後沒兩樣。
「好～～！我們馬上開始調查，花生老弟！」
「喔……是喔……」
各位好，我是自暑假以來終於再度登場的花生老弟。
這次我們的迷偵探葵花同學戴上了不知從哪兒變出來的格紋獵鹿帽，顯得十分來勁。
「花生老弟！我有一份非常重要的情報，所以首先要告訴你這件事！」
「請問是什麼事呢？」
「那就是，犯人就在我們學校裡面！」
在總數達六百名的學生裡是吧。這的確是最重要的消息。

「說得也是！葵花真有一套！」
「厲害吧～～？嘻嘻嘻！」
我們這個陣容，真的沒問題嗎？
「那麼，我們首先要去偵訊！」
偵訊誰？照妳的說法，整間學校滿滿都是嫌犯耶。
「呃～～在這之前，還是先徵求班上同學的同意吧。只有我們不幫忙班上的準備工作，跑去調查，這樣不太妙吧？」
「聽你這麼一說，還真的是這樣！」
在我說之前就該注意到啦。
所以，我們三個跑去找班上的繚亂祭執行委員。至於我們班的繚亂祭執行委員是誰……其實就是足球隊的有不和同學與橄欖球隊的部江田同學。
「呃～～有不和同學，可以打擾一下嗎？我有事要拜託你……」
「嗯？怎麼啦，花生老弟～～！嗯？」
「發生什麼事了，花生老弟？呼～～……呼～～……（註：《星際大戰》角色達斯維達的呼吸聲）」
首先我可以問問你們為什麼知道我被她叫成花生老弟嗎？
還是很會演川平主播，以及另一位是……噢，達斯部江田同學嗎？（註：與《星際大戰》

角色達斯維達日文拼音相近）

「呃，我們覺得比起班上的準備工作，多少去找一下燈飾比較——」

「唔唔唔！你是說，找燈飾比班上的準備工作還優先？」

唔！果然不行嗎？說得也是啊，山茶花她們紅人群的大家也都在找，要是連我們都跟著不做準備工作……

「『那個』花生終於要展開行動了嗎……再這樣下去，繚亂祭難保不會停辦。救世主果然是這個男人嗎……！呼～～……！」

「拜託你啦，花生老～～！弟！找回我們的繚亂祭！」

好厲害啊，花生老弟。

你幾時贏得班上同學這麼多信賴了？

「真不愧是花生老弟！我也覺得耳朵很高！」

是鼻子很高吧。耳朵高也只會接近精靈族而已。（註：「自豪」的日文諺語字面意思即為「鼻子很高」）

「那麼，我、翌檜和花生老弟就去找燈飾了！我們馬上就會找到！」

「交給你們了……呼～～……」

總之，都得到了有不和同學和部江田同學的許可，就別想太多了吧……這樣好嗎？

就這樣，我們馬上開始找燈飾……其實不是。

我們決定首先要整理現階段已經知道的情報，所以現在所在地是教室。我們的迷偵探自然是漫無目的就要開始行動，但我當然阻止了。

「那麼，我們就先從整理情報開始吧。」

「也對……翌檜，燈飾到幾時還在？」

「到上週五的彩排那天吧。然後發現東西不見……是在週一的早上。」

「咦？週末的情形都不清楚嗎？應該會有學生為了社團活動或準備繚亂祭來學校吧？」

「因為六日沒有彩排，所以，大家都覺得燈飾會放在本來的地方……也就是器材室。」

原來如此。然後到了週一，又有人為了進行準備工作而去拿，才發現不見了是吧？

「唔唔唔！有嫌疑的就是這兩天！」

妳說得挺像回事，但其實就只是六日空著而已。

「這樣的話，週五在學校留到最後的人也許會知道些什麼。我上週一直要打工，所以十八點左右就離開學校了，葵花和翌檜……」

「我有時會留到很晚，但偏偏在週五，我比較早回家了。對不起……」

「我一直待到最後！待到最晚才離開！」

喔，我難得有葵花會活躍的預感。

「我說葵花，妳最後看到燈飾是什麼時候？」

「呃，我在十九點左右，在運動場看到了！之後等到網球隊的布景製作完畢，收拾各個地方的時候，就沒看到了！」

「也就是說，到十九點左右還在……呃，等一下。」

喂，葵花說得若無其事，但不對勁啊。

她說在「十九點」看到燈飾，但這時間不對。

畢竟我們學校的最終離校時間是十八點三十分。之後還留著的學生，會被擔任生活指導而非常嚴格的庄本老師（猩猩）或 Cosmos 二話不說地趕離學校。

「葵花，妳為什麼到了十九點還可以待在學校？最終離校時間是……」

「呃，是變成可以留到比較晚了！」

「咦？什麼意思？我從來沒聽說過有這……」

「啊哈哈！花生老弟，原來你不知道啊～～！」

……我總覺得有點火大起來了。

「是 Cosmos 會長跟校方申請過。她判斷應該會有學生為了準備繚亂祭，希望能留到比較晚，所以把原本的最終離校時間十八點三十分延長到了二十點。應該是繚亂祭本來也因為燈飾，會舉辦到二十點，所以才配合這一點決定這個時間吧。」

原來有過這樣的情形啊。

不過竟然連最終離校時間都能延長，真不愧是我們的超級學生會長。

「啊啊啊啊啊！」

「哇！怎麼啦，葵花！突然喊那麼大聲。」

「我知道了！」

「呃，知道什麼？」

「留到最晚的人就是犯人！」

我知道。而且這樣完全無法鎖定犯人。

「好～～！我們把留到很晚的人全～～都抓起來！」

這天大的案子可牽扯到真多犯人啊，留到最晚的迷偵探。

「眼前我們就先去找週五放學後會留到延長版最終離校時間的人打聽看看吧！而且我已經想好要找誰打聽了！」

翌檜澈底無視葵花。

「咦？是這樣嗎？」

「對！燈飾由於彩排需要，在消失前都一直放在運動場！我想這也就是說，只要去問在運動場附近做事的運動社團那些人就可以了！」

「翌檜真有一套！我也想說這個！」

別說謊啊，別說謊。

「原來如此……那麼，妳說的運動社團是指……？」

「根據我的調查，在運動場準備繚亂祭要擺的攤位而留到最晚的社團有網球隊、棒球隊，還有……壘球隊的人！」

網球隊有葵花，棒球隊有小桑。

那麼，說到壘球隊有誰……啊啊，是「那傢伙」啊？

該怎麼說，這個對象有點難搞耶……

＊

我們從教室來到走廊上一看，發現也因為正處於繚亂祭的準備期間，除了我們之外，還看得到許多學生……然而，氣氛實在不能說良好。

「我說啊，聽說燈花典禮要用的燈飾不見了，是真的嗎？」

「聽說是真的。說是今天早上到器材室一看，就發現不見了，現在學生會的人正手忙腳亂在找……為什麼東西會不見啊？」

「所以剛才學生會的人才會到運動社團的社辦一間一間問啊……只是照那樣看來，應該是沒找到啊～～」

「怎麼這樣……那今年的繚亂祭……要停辦了？」

「似乎還沒決定。而且 Cosmos 會長好像說『我會想辦法』。」

走在走廊上，聽見的是學生們不安的聲音。

大家顯得相當在意繚亂祭能不能舉辦。

「倒是這件事由 Cosmos 學姊處理，這樣行嗎？畢竟她……」

「呃，真到了緊要關頭，說不定 Cosmos 學姊會重新買過啊！而且從某種角度來看，這是她一直在用的方法！」

「對……對喔！說不定會耶！」

……嗯？剛剛的對話是怎樣？

為什麼他們期待 Cosmos 出錢買新的燈飾？

「總覺得好奇怪。他們到底在說什麼……」

看來翌檜也對他們談話的內容很好奇，露出疑問的表情。

她還不忘順便記下筆記，這就得說她待校刊社不是待假的。

「Cosmos 學姊才沒有那麼多錢啦！像暑假時，她就說是第一次自己買了衣服呢！」

葵花啊，那不是錢的問題，是品味的問題。

別讓我想起呱莉娜事件。

……喔？從正面走來的那個人是……

「喔！這不是花灑嗎！好巧啊，竟然在這～～種地方遇到！」

正巧，我們要問的人這可不是主動過來了嗎？

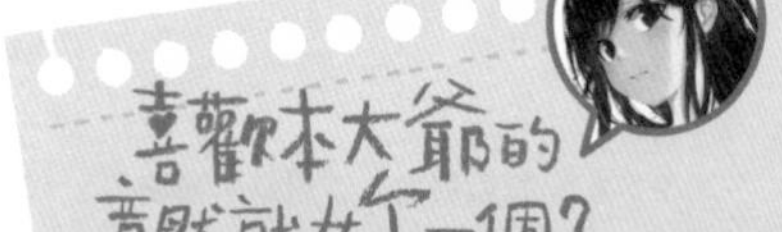

「Primula，妳來得正好。」

「來得正好？咦？什麼什麼～～？該不會，要找我進行愛的表白～～？」

不可能。不過這傢伙倒是和平常一樣啊。

不像那麼多學生為了燈飾的事情讓氣氛變得很緊繃……

「Primula，不可以對花灑說奇怪的話啦！花灑的行程已經滿了，不要做這種事！」

「對啊！花灑的行程已經定案了，請妳不要擅自增加別的行程！真受不了！」

我說妳們兩個，我可以把妳們的台詞原原本本還給妳們嗎？

「啊哈哈！我是在開玩笑啦，開玩笑！別那麼生氣嘛，葵花、翌檜！我跟妳們是什麼交情～～！」

記得之前她跟山茶花也說過類似的話啊。

「所以，你們好像有事要找我，是怎麼啦？」

「喔，對喔……Primula，妳上週五一直留到最終離校時間才離開吧？所以，我想到妳可能對燈飾的事情知道些什麼，就來問妳了！」

「啊啊，是這麼回事啊……」

總覺得她的態度突然變得有夠冷淡耶。

不過換個角度來看，也可以說我們的說法聽起來像是懷疑她就是燈飾會弄丟的原因，也就會變成這樣吧？

「我們絕對不是在懷疑Primula！只是如果妳知道些什麼，希望妳告訴我們！因為壘球隊留到最晚，絕對不可能什麼都不知道吧！」

也就是說，如果她回答什麼都不知道，就要懷疑她？

翌檜在這種時候真的很不留情耶……

「妳問的方法還真討人厭～～……可是，很遺憾，我什麼都不知道。」

「真的嗎？總覺得妳的態度跟剛才差很多。」

那是因為妳挑釁Primula……這句話我就別說了。

女生與女生的鬥爭當中，男生是如此無力。

「真的。因為我十八點就收工，回班上去了……然後，還繼續留著的只剩一年級生。」

「那麼，可以告訴我們在十八點以後，妳都在做些什麼嗎？」

「我在教室裡跟山茶花學裁縫，學得差不多了，就跟朋友閒聊。」

「是這樣嗎……我明白了！謝謝妳的回答！為防萬一，可以請妳告訴我當時跟妳聊天的朋友叫什麼名字嗎？」

「好啊～～」

翌檜突然換上明亮的表情，對她點頭示意。

剛剛這個說法是真是假，只要找山茶花一問就知道，不過多半是真的吧。

要是我們去問了山茶花而拆穿謊言，就會增加對她的懷疑。

相信她應該不會做這麼蠢的事情吧？當然我們還是會問。
「那麼，接下來就找這壘球隊一年級生問問吧。Primula，妳說一年級隊員留到最晚，妳知道有誰嗎？」
「這就交給我！是三班一個叫赤井撫子的女生！她很乖巧，你們不要太欺負她喔～」
「我們也不打算欺負她，妳放心吧。」
一年三班，也就表示跟艾莉絲的「男友」，以前講出「喜歡我」這種轟動發言的薄井明日荷——薄荷「學弟」同班啊。要跟他說話……我還真有點怕。
「謝啦。那我們這就——」
「啊，等一下啦，花灑。」
「幹嘛啦？」
怎麼Primula用格外正經的表情朝我這邊看過來？
「我自己是覺得燈飾是因為學生會長他們的管理疏失而弄丟，但花灑你們應該不這麼想吧？」
「這萬萬不可能。Cosmos會長管理的東西，哪可能這麼容易就……」
「花灑，你這就太相信學生會長了吧？我倒覺得她也不是那麼了不起的人喔。」
「妳這話是什麼意思啦？」
「嗚呀！表情不要那麼凶啦！我只是說出事實而已啊！你知道嗎？最近學生會長有些奇

怪的流言……」

「奇怪的流言？」

她有些地方奇怪，這我深有體認，但我可沒聽說她有什麼奇怪的流言。

反而還一直覺得她在校內都只有好的流言……

「聽說她啊，『為了得到進醫學院的推薦，對老師做了很多事以便換取在校成績』。你也知道，她家不是很有錢嗎？所以似乎有很多人脈。聽說她當上學生會長也是用了類似的手段……所以，我才會覺得她沒什麼了不起。」

「啥啊啊啊！」

「等等，太大聲了啦！」

欸，我當然會大聲啊！Cosmos 怎麼可能為了爭取在校成績去做那種事情！

「還不是因為妳講話太離譜！」

而且，剛才那些學生的談話原來也是這麼回事！

他們認為 Cosmos 以前都是用錢解決各種問題，所以這次也會……

「哎呀，這可失禮了！不過流言就只是流言，不要放在心上啦！」

「那還用說！那樣的事情，Cosmos 會長怎麼可能去做！」

「……真的是這樣嗎？」

是怎樣啦？Primula 這傢伙說得格外正經。

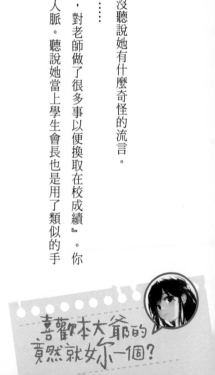

「在我看來，她從以前就很可疑啊～～」

「是怎樣啦？妳以前跟 Cosmos 會長有什麼過節嗎？」

「沒有啊～～我跟學生會長幾乎沒有什麼瓜葛……只是，我朋友也都說就算只是遠遠看去，也可以看出她對男生和女生的態度不同，是在賺分數吧。所以，我看她不順眼～～」

啥啊！Cosmos 的態度會因為男女而有分別？不，這怎麼可能？

她是有點太少女，但平常很能幹……

「Primula！妳為什麼要說這麼過分的話！Cosmos 學姊人很好的！」

「葵花說得沒錯！Cosmos 會長是個很善良的人，對大家都平等！雖然也有嚴厲的一面，可是她比任何人都替學生著想！」

「是這樣嗎～～？我倒覺得未必吧～～……實際上，棒球隊就完全不會被警告，但壘球隊就經常被警告……看，這不就不平等了？」

這是因為壘球隊有什麼問題吧——我會忍不住這麼想是因為我站在 Cosmos 這邊嗎？

「算了，別放在心上吧！這也有一部分是回敬妳剛剛那樣！好啦！我們扯平！」

所以是被翌檜挑釁才還以顏色嗎？

Primula 這個人平常看起來很亢奮，什麼都沒多想，其實是個挺不肯吃虧的傢伙啊。

「那我要回教室去了，之後就隨你們高興了！還有，幫我跟山茶花說聲謝謝～～！」

總覺得被她大放厥詞之後就跑了……

可是，先不說燈飾的事，為什麼 Cosmos 會有這樣的流言？

這種沒什麼好事的流言，本來差不多都會落到我身上才對……

「翌檜，校刊社有聽說過剛剛那些流言嗎……」

「我也是第一次聽到，因為最近都只顧著採訪繚亂祭的事情……」

翌檜回答的同時也在做筆記，記的多半就是 Primula 剛才說的內容吧。

「這樣啊……知道了，總之，我們去一趟 Primula 說的一年級生那邊問問看吧。」

「唔～～！我們要馬上找出燈飾，全部解決！」

*

我們從二年級樓層移動到一年級樓層後，一路前往薄荷所在的三班。

然後偷偷朝教室裡一看……

「唉～～虧我還那麼期待第一次參加燈花典禮……」

「真的很過分呢……聽說現在學生會長 Cosmos 學姊在收買校方，讓責任不會落到學生會……應該說不會落到她頭上……大家都知道，她不是已經確定推薦上醫學院了嗎？這個時候鬧出問題，對她就會很不利。」

「哇！別說當學生會長當得怎樣，光做人就爛透了吧！真不敢相信……」

看樣子，Primula所說的流言不只在二年級生之間流傳，還滲透到了一年級生之間，而且傳得更加惡化。

流言這種東西真的是離得愈遠，就會加油添醋得愈離譜啊。

不過，雖說有這樣的流言，我真沒想到在學校相當受歡迎的Cosmos會只因為燈飾的事情就被說成這樣……實在讓人很能體會到繚亂祭是多麼重要的節目啊。

然後，薄荷人在哪……啊，找到了。他好像被班上的女生虧個不停耶。

「薄荷～～你穿穿看這衣服啦！一定會很好看！」

「這是女生穿的護士服對吧？」

「嗯！是啊！可是，薄荷穿起來一定好看，所以希望你穿穿看！」

「我……我才不要！我也是個不折不扣的男生啊！」

沒錯，薄荷是個不折不扣的男生，還有女朋友。所以他很安全，我完全不需要畏懼……

「啊！花灑學長♡你怎麼來啦～～？」

不知道是不是錯覺，學長兩字後面似乎隱約有個多餘的符號，但應該是我的錯覺吧。

鐵定是錯覺。就算是事實，也是錯覺。

「嗨……薄荷。」

薄荷嗲聲嗲氣地跑過來，他那一六〇公分的身高，以男生而言還是一樣顯得嬌小。

又圓又大的眼睛很惹人憐愛，柔軟的身體讓人想抱……才怪！我絕對不會再有這樣的想法！因為我對這方面一點興趣都沒有！

「其實，我來是有事情想問你。」

「有事情想問我嗎？花灑學長♡想問我？呵呵！我好高興！」

看吧？所以，你先遠離我半徑十公尺外再說。

但我壓抑住想這麼說的心情。

「我說啊，我是有事要來問這個班上一位叫赤井撫子的同學，可以請你幫忙介紹嗎？」

「撫子是嗎？是可以啦……」

嗯？薄荷這傢伙是怎麼了？他用有點尷尬的眼神看我……不，是看著葵花和翌檜耶。

「如果只有花灑學長♡我想是可以介紹。只是，那個……」

「咦咦～～！為什麼我們就不行，薄荷！」

「就是啊！我們也想一起聽！」

為什麼？換作是平常的情形，應該是我被討厭，其他人受到歡迎……

「你看，那個人……不是如月學長嗎？」

「哇！真的耶！是如月學長耶！」

「他怎麼會來我們班？啊，可是，另外兩個人是……網球隊的日向學妹和校刊社的羽立學姊吧？就是聽說跟那個 Cosmos 會長很要好的……」

「如月學長來是很好，可是另外兩個人就……」

喔，這來得唐突的桃花期是怎樣？

還有葵花跟翌檜，妳們幹了什麼好事？

「這是空前絕後的大事件啊！花灑竟然受歡迎！」

「真……真不敢相信……花灑，你幾時對所有一年級生都施了催眠術？」

喂，妳們兩個是有沒有這麼不相信我？

話先說在前面，妳們可別小看我喔。我到了緊要關頭也會很閃耀，而且我也自負外表不是那麼差啊，喂。

「那個，就是說……學長知道 Cosmos 會長的流言嗎？」

「我是聽說了，可是葵花和翌檜又沒……」

「然後就有人說，在做圖書室業務的這些人可能都拿了 Cosmos 會長的好處……」

也就是從對 Cosmos 的誤會發展成惡評，導致所有圖書室成員的信用也都變得不怎麼樣嗎？

搞不好這就是造成小柊和小椿所說的情形，也就是她們被人用奇怪的視線——「像是輕蔑的眼神」看待的原因？

嗯～～想通歸想通，但小桑和山茶花似乎是被不同種類的目光看待吧？他們這邊的原因不一樣嗎？

「那麼，為什麼我會……」

「這是因為……」
「欸欸，雖然跟如月學長是光說話都覺得噁心，但只要忍著跟他套好交情，就可以請他幫忙介紹大賀學長或棒球隊的人認識吧？」
「嗯！雖然光看著他就會讓人非常想嘔吐，但畢竟他是棒球隊大賀學長的好朋友嘛！值得跟他套好交情！」
「等於用蝦……不對，是用產業廢棄物就可以釣到鯛魚！」
……是這麼回事啊。
儘管圖書室的名聲因為Cosmos的流言而變差，在甲子園活躍的小桑被除外看待，然後因為想親近小桑等棒球隊隊員，身為好朋友的我也就跟著搶手。
Goodbye，我的桃花期。剎那間就結束了啊……好哀傷。
「那個……就是這麼回事，所以如果只有花灑學長♡我想大家都會願意聽你說話……對不起。」
「不會！我們沒事的，薄荷！謝謝你告訴我們！」
「那麼，這裡就交給產……咳，交給花灑吧！好了，請你去打聽吧！」
妳們兩個說話口氣也太高興了吧。
告訴妳們，像這樣因為別人的不幸而開心，很快就會報應到自己身上！
「那麼，薄荷，就麻煩你幫我介紹這個叫作赤井撫子的學妹。」

「我明白了。那……不好意思，請學長直接跟我過去。」

嗯，我會跟去，所以不用握我的手。趕快給我放開。

我為什麼就非得跟男生手牽著手，走在一年級的教室裡……

「撫子～～！可以來一下嗎？花灑學長♡說有事情想問妳！」

一名在窗邊和其他女生說話的少女在薄荷的呼喚下，轉過來朝向我。

哦……她就是赤井撫子啊？還挺……應該說，是個相當漂亮的女生啊。

「咦？找我……是如月學長找我？天啊！這非常令人開心！」

她有著一頭絲絹般柔順的長髮，以及白皙透亮得怎麼看都不像是壘球隊隊員的肌膚。身材苗條，身高和薄荷差不多，所以應該是一六〇公分左右吧。

不只是口氣，她的舉止和外表都顯得格外有氣質。

「幸會，如月學長！我叫赤井撫子！」

「喔……喔，是嗎？我是如月，妳好啊，赤──」

「叫我撫子……就可以了。呵呵呵。」

「知……知道了。請多指教啦……撫……撫子。」

這是為什麼呢？這女生看起來那麼有氣質又溫和，但跟她相處，就讓我強烈地產生不好的預感。

啊啊，也許是因為我很不會應付千金小姐口氣的女生。

之前是沒問題，但最近，大家也知道，我會想起某個啦啦隊隊長……

雖然撫子似乎和那個珍禽異獸不一樣，像個很乖巧的女生。

「呃，我還得和日向學姊還有羽立學姊說話才行嗎……我知道這麼說很失禮，但聽到有關她們的事情，實在都不太好聽……」

「放心吧，妳跟我說話就好。」

「既然這樣就沒有關係！謝謝學長！」

她說話口氣顯得有氣質又溫和，但和其他一年級女生一樣，不想接觸葵花和翌檜啊。

「那個，就是呢，如月學長，如果你對我的印象還不錯，有個人，想請學長務必為我介紹……」

啊，說得也是，我終究只是蝦子，更正，是產業廢棄物嘛。

她首先就想達成自己的目的，這點實在是很精明。

「妳是要我介紹小桑給妳認識？」

「不，怎麼會呢！也有流言說『大賀學長最近一到晚上就會和外校女學生幽會』，憑我實在是差得太遠太遠……」

喂，又跑出奇怪的流言了耶。

繼 Cosmos 之後，這次是小桑？而且，還說是跟外校學生每天晚上約會？

我說真的，我們學校現在是什麼情形？

——只是，這也解開了一個無可救藥的謎。

小桑之所以被女生用「悲傷的眼神」看待，原因就是這流言。

畢竟最近小桑搶手得不得了……

「這樣啊。既然如此，那妳是說誰？……新隊長穴江嗎？」

據說他也在甲子園活躍，所以開始有人氣……這樣的情形我沒怎麼聽說耶。

「不是不是！穴江學長似乎和三年級的樋口學長有著密切的關係，我不能去打擾他們兩位的關係！」

所以穴江才沒有人氣嗎……真是可憐……

可是這樣的話，剩下的就只有前隊長屈木學長，以及另一個……

「我想請學長介紹的……是二年級的芝達生學長！」

那個戀妹情結男嗎～～……不過，我有辦法介紹嗎？介紹是有辦法，但他滿腦子只有妹妹，這對象相當難搞，而且他那個妹妹多半跟妳有點撞形象……

呃，我也沒見過芝的妹妹就是了。

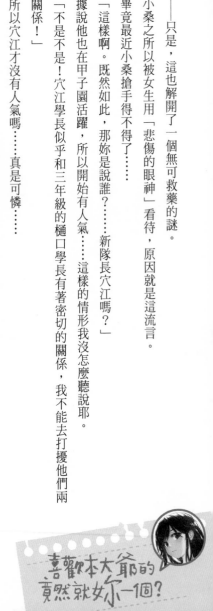

「總之，可以請妳聽聽我要說什麼嗎？芝的事……我會努力看看。」

「真的嗎！謝謝學長！」

眼前多了一件事要和小桑商量啊。

「那麼，我就簡短地問了。上週五，妳放學後留在運動場上做事到很晚對吧？我聽

Primula 這麼說……」

「是從早乙女學姊那裡聽來的嗎？…………是啊，就是這樣！我一直留到最終離校時間，把壘球隊擺攤要用的攤位店頭裝潢搬到社辦。」

剛剛怎麼有個奇怪的停頓？

「那個時候，妳有看到燈飾嗎？」

「有的，記得是在十九點三十分左右吧。到這個時間，燈飾都還在運動場上。」

「十九點三十分？燈飾會這樣一直擺到最終離校時間快要結束？」

「燈飾是在彩排結束後由使用運動場的運動社團輪流收拾。所以，收拾的時間會隨當天負責的社團而不同。」

也就是說，週五負責收拾燈飾的社團最可疑啊。

到底是哪個社團？

「呃～～順便問一下，妳可曾看到那天是哪個社團，又或者是哪個人在收拾燈飾？」

「當然看見了！那天收拾燈飾的是……」

喔喔！這可不是打聽到了意料之外的超有力情報嗎！

既然這樣，接下來只要找對方問話，就可以知道燈飾……

「是棒球隊的經理……蒲公英同學！」

好，找到犯人了。馬上準備捕獲用的漢堡排吧。

之後我對回答了問題的撫子道謝，然後一度先離開三班的教室。

一想到得這樣四處找人問都是那個呆子害的，就不可思議地湧起一股恨意。

那個臭丫頭，下次讓我遇到，妳就認命吧……

「花灑，怎麼樣？有問到什麼有力的情報嗎？」

「聽起來，上週五是蒲公英收拾燈飾。」

「是蒲公英？可是可是，那樣的話，小桑可能會知道些什麼耶！」

「是啊。可是，小桑沒給我任何聯絡，就去找蒲公英看看吧。」

「就是啊！我也贊成！」

所以呢，接下來我們要去的地方就是棒球隊吧。

記得小桑說過，他們會在社辦討論繚亂祭，所以就去社辦……嗯？怎麼有個人以拇指和食指用力捏著我的制服拉扯……

「不好意思，花灑學長♡可以打擾一下嗎？」

「薄荷，怎麼啦？如果有事找我，喊我一聲就好，從下次起請你務必這麼做。」

「啊，我明白了……那麼，雖然這和燈飾沒有關係，我有點事情想找學長商量……是關於山茶花學姊的事。」

這不對勁啊，我總覺得你對山茶花就沒加「♡」。

「山茶花，怎麼了嗎？」

或許是因為山茶花是薄荷的女友——艾莉絲最好的朋友，薄荷自己也露出擔心的表情。

「其實，山茶花學姊也有奇怪的流言……」

喂喂，這樣是第幾個奇怪的流言啦？

而且全都是和我有關的圖書室成員，又莫名地只有我沒事。

「我姑且聽聽內容吧。」

「我說呢，那個，實在不太好意思說，可是……有流言說『只要拚命拜託山茶花學姊，她就願意穿超A的兔兔裝，幫你各種兔兔』。」

「你說……穿超A的兔兔裝……幫人……兔兔……？」

這什麼情形！暑假我就看過大家美妙到了極點的兔女郎裝扮，但既然是超A的版本，顯然肯定更淩駕在那之上！而且還兔兔！

到底會變成什麼樣的情形啦！

「這只是流言啦！我不知道為什麼會有這樣的流言……」

「不用擔心，薄荷！這就只是流言而已！山茶花不會做這種事的！」

「搞不好就是因為這樣，山茶花才會一大早就被男學生『用色色的眼光看』……雖然終究只是空穴來風的流言啦！」

真的是這樣嗎！最好還是好好查明真假……

「就是說啊，花灑！」
「……啊！說得對兔兔！我也非常贊成葵花和翌檜的意見兔兔！」
「花灑……你語尾都變得怪怪的了……」
「這是錯覺！」
冷……冷靜啊我！這種東西終究只是流言！
說起來，有膽子就真當一回事去挑戰然後失敗看看，保證會被宰了。
而且現在最優先的是找燈飾，奇怪的兔兔流言之後再說！
「好！那我們就跑一趟棒球隊看看吧！葵花，翌檜，可以請妳們兩個先過去嗎？我先處理點雜事再過去。」
「嗯！知道了！那我和翌檜就——」
「為什麼我們兩個就非得先過去不可呢？」
……翌檜這傢伙，沒事給我注意到這種無謂的細節……
「花灑，你該不會打算先叫我們去棒球隊的社辦，然後趁這空檔去對山茶花提出猥褻的請求吧？」
「哈！我怎麼可能去拜託她！」
「這很難說吧？剛才花灑就滿……」
呵！翌檜啊，說來理所當然，但我可不打算做這種事情喔。

然後，謝謝妳幫我做球。感謝。

「就說我不會做了。而且，妳想想山茶花是什麼個性，要是我做出這種事，真的不是開玩笑，會受到慘痛教訓好不好？」

「葵花，花灑在說謊嗎？」

「沒有！花灑沒說謊！」

葵花這個偵測功能真的是有夠棘手啦！

只是話說回來，現在可就除外了！哼哼哼……現在她在場反而對我有利！

畢竟只要不說謊，就可以讓她們相信我啊！

「是嗎……那個，對不起，我懷疑你。」

「別放在心上啦。」

翌檜鞠躬道歉，我露出老神在在的笑容。

沒錯，因為妳根本不必道歉啊。

「那麼，我和葵花就先過去棒球隊了！」

「Let's Dash！翌檜！」

葵花與翌檜踩著飛快的腳步前往棒球隊社辦。

我——花灑也就是如月雨露，獨自被留在走廊上。

那麼……好耶～～～！最期待的偶數集！說穿了就是這麼回事！
超級Ａ的兔兔……我根本不知道這到底是什麼樣的情形！
但我要直接去拜託山茶花嗎？答案是……ＮＯ！我不會做出這種愚蠢的行為！
明明就有更酷更聰明更甜美的方法啊！
答案是………ＹＥＳ！想也知道，除了請那位出場以外，沒有別的可能！
憑那位的神通！憑那位的神通，想必可以為我解決！
那麼，暌違已久的幻想顯現神召喚時間到啦！呀喝～～～！

我們親愛的世界支配者（插畫師）……天神（ブリキ）啊！請賜給我力量——
「哎呀？站在那兒的不是如月學長嗎！學長該不會是滿心想見我，實在按捺不住，才在一年級樓層堵我？學長真是的～～！真拿你沒辦法～～！唔哼！」
啊，不行！這個套路跟暑假時……！
等等，天神（ブリキ）！這裡混進了一隻怪怪的呆子——

啊啊啊啊啊啊！難得的超A兔兔！難得的超A兔兔啊啊啊！

總覺得除了山茶花之外，還混進了一隻呆子～～！而且整個卡了主位！

明明很開心，卻一點也不開心！

「唔哼！唔哼哼！學長一定很想念天使吧？學長這種心意，我非～～常了解！……你這麼悲慘又可憐，我就破例實現你的願望吧！來！現在正是時候，使出你渾身解數，好好疼愛我吧！來！請吧！」

「……蒲公英。」

「啊！貢品當然就是漢堡排，還有灌注了滿滿真心的美乃滋海底雞……咦？如月學長的臉怎麼凶猛得像是般若……」

「我不是找妳啦～～～～～～！」

「咦唷～～～～！學長到底在說什麼啦～～！」

之後，我莫名失去了十秒鐘左右的記憶，不知不覺間，看見蒲公英在我面前大哭。

「咿！咿！我什麼都沒做！明明什麼都沒做，卻被吼了！被吼了！好過分！好過分～～！咻嗚～～～～！」

雖然知道是我不好，但「咻嗚～～～！」這種哭聲硬是讓我納悶得不得了。還有，妳哭的臉非常醜。

「不好意思啦，蒲公英，我忍不住火大……」

「咿！那……請問我是不是非常可愛！」

「可愛，當然可愛了。妳掌握全日本……不，掌握全世界的日子應該近了。」

「吸鼻涕……那我就原諒學長！因為可愛的我，有著寬廣的心胸！」

很好很好，沒想到她這麼乾脆就不生氣了。還是一樣好打發。

……等等，對了，我本來就是要找蒲公英。

那我為什麼任由怒氣驅使，對她大吼大叫呢？本來我明明應該要高興的。

……不行，記憶很模糊，想不起來。

那麼事不宜遲，馬上進入正……不對，如果犯人就是她，她多半會拔腿就跑，還是慢慢問問看吧？

「不過蒲公英妳會待在校舍，就表示是在幫忙自己班上的工作？我還以為妳在棒球隊和小桑他們一起呢？」

「是！今天是要幫忙棒球隊！棒球隊在繚亂祭要擺棉花糖攤，但必須借器材，所以我就是為了向學生會提出器材申請書才回到校舍來！」

「提交給學生會？那妳怎麼會在一年級樓層……」

「唔哼哼！我可愛又擁有美妙的能力，辦事實在太俐落，所以穴江學長帶著迫切的表情對我說：『我想把提交申請書給學生會這項超絕重要的任務，交付給太可靠的蒲公英！如果可以，希望妳經過校舍內每一個角落，慢～～慢散播妳的愛之後，再去提交！真的，拜託妳了！』唔哼！」

原來如此。也就是太派不上用場，所以被穴江用懇求的方式趕出來了。

這代表之前她都待在棒球隊？既然這樣……

「小桑有跟妳說些什麼嗎？」

「說些什麼？沒有，他沒說什麼特別的事情啊……而且今天我跟大賀學長一句話都沒說！有流言說大賀學長晚上跟外校學生幽會，而且還被懷疑他去見的外校學生可能是芝學長的妹妹，所以就被變成惡鬼的芝學長抓去問話了！」

所以小桑才什麼都沒聯絡嗎……

加油吧，我的好朋友。關於這件事，我無能為力。

那麼，就慢慢接近正題……

「我說蒲公英啊，上週五，妳大概在學校留到幾點？」

「週五嗎？那天我留到二十點，準備棉花糖攤要用的東西！還請學長期待我做的超棒招牌喔！」

「是嗎？順便問一下，當時妳在運動場上有看到燈飾嗎？」

「有的！記得是在十九點三十分左右！當時燈飾一直放在那邊，都沒有人去收，所以我這個天使就好心收進袋子裡——」

「妳最後有沒有什麼遺言要交代？」

「交代？沒什麼要交代的啊。我實在太 Pretty，今後想必會繼續走在美妙的人生路上，遺言這種東西……咦唷～～～！我的手不知道為什麼被綁起來了！」

夠了，不要掙扎個不停！犯人果然就是妳吧！

「學長沒頭沒腦在做什麼啦！難道是我太惹人憐愛，想把我監禁起來！不可以！不可以啊，如月學長！這點請你用力忍下來！對……對了！我破例給學長票！這是可以在棉花糖攤得到非常優惠折扣的票！」

「這種東西就算拿了我也不會用！我就只是因為妳弄丟燈飾的嫌疑超重才先逮住妳！」

這傢伙這麼呆，就算搞出我作夢也想不到的怪事而弄丟燈飾也沒什麼奇怪的！

「咦唷！我才沒做這種事！就只是收進袋子裡而已！」

「既然這樣，妳就說說看之後怎麼樣了！」

「我本來打算收進器材室，可是還沒拿過去就被芝學長叫去了！然後，等棒球隊的事情辦完，回到運動場上一看，就已經不見了！是真的！請學長相信我！」

「什麼～～？那麼，燈飾就是在妳離開的空檔消失的？」

「是的！多半是我的粉絲看到我拚命收拾的模樣，整個太心動，忍不住想偷偷幫我收拾！除此之外沒有別的可能！」

我很想大聲說，只有妳說的情形才最不可能發生。

「我……我是說真的！請學長看我的眼睛！圓滾滾的很可愛吧？」

唔……先不說是不是圓滾滾的很可愛，這個呆子雖然經常說謊，但在棒球隊相關的事情上都很正經。也就是說，她說的話是真相的可能性很高。

只是，既然無法確定她是無辜的，總覺得放了她也不太對。

「拜託學長啦～～……到了繚亂祭那天，我會用我做的棉花糖，在棉毛粉裡面第一個給學長棉棉～～」

棉來棉去的，有完沒完。

是說，暑假似乎也有過類似的情形啊。就是在吃流水麵線的時候……嗯？

「……好啦。」

「哇～～！被放開了！唔哼哼！果然可愛到我這種地步，像如月學長這種角色，擺弄起來不費吹灰之力！」

這是因為只要我想逮這呆子，隨時都逮得住，才會放了她。這件事我就不說出口了。

「那麼，我要去學生會申請器材，先失陪了！如月學長也請流下汗水，好好努力當我的僕人！唔哼哼～～！」

呆子就這麼離開了，然而……不妙……非常不妙喔。

剛剛和蒲公英的對話中回想起的記憶；洶湧湧現的不祥預感。

然後，我腦中浮現了弄丟燈飾的犯人。

如果可以，真希望是弄錯，但可惜我不祥的預感命中率幾乎是１００％。

截至目前為止，不曾落空過。

乾脆就這樣當作什麼都沒發現——這樣實在行不通啊……

「總之，就先聯絡葵花和翌檜吧……」

＊

「花灑，怎麼找我們來這種地方？」

「我和葵花本來還在棒球隊打聽到一半呢……」

我把葵花和翌檜叫到了校舍後面的垃圾場。

大概是因為準備繚亂祭，高高堆起的垃圾比平常多。

「嗯，就是這件事……首先，請妳們看看這個……」

「啊！」

「什！這……這是……！」

先來到垃圾場的我翻找堆積如山的垃圾，最後找出的東西，就是現在西木蔦高中學生找得紅了眼的……

「燈花典禮上要用的燈飾……就在這裡。」

「可……可是，這狀態……！」

「對，翌檜說得沒錯。這玩意兒已經不能用了……」

我找出的燈飾狀態實在悽慘。

被丟掉的當初大概還是好的，但多半是接連被更多垃圾壓迫，只見電線扯斷，幾乎所有LED燈都破損了，狀態糟到極點。

「你怎麼會知道東西在這裡？」

「是蒲公英。」

「蒲公英？」

「後來我在走廊上遇到蒲公英，跟她問了情形。她說週五那天最終離校時間快到時，放在運動場上的燈飾都沒有人收拾，所以她就收進袋子裡。只是，她把袋子搬走之前就被芝叫走，留下裝在袋子裡的燈飾就離開了。」

「這就表示，是後來跑來的人丟掉了燈飾嗎？」

「對……我只是猜測，但大概是因為裝在袋子裡，那個人就誤以為是垃圾吧。」

我得出這個答案，是根據今年暑假發生的一起小小的事件。

大家在吃流水麵線時，有個少女本來要留到最後吃的裝在便利商店提袋裡的奶油麵包，不翼而飛了。

我誤以為裝著奶油麵包的袋子是垃圾，就丟掉了。

說穿了，這次的事件跟當時一模一樣。

有個人錯把收進袋子裡的燈飾當成垃圾丟了。

而這個人物，就是這次事件的犯人。

——這就是我的預設。同時也是，我不祥的預感。

「啊，啊啊啊……」

顫抖的聲音迴盪在校舍後的垃圾場，不知如何是好的視線左右徬徨。

「……原來……是這樣啊……」

這彷彿對一切死心的說話聲顯示我的預感猜中了。

我的不祥預感真的是很準。

就是說啊……當初這個人就說過……

『呃，我在十九點左右，在運動場看到了！之後等到網球隊的布景製作完畢，收拾各個地方的時候，就沒看到了！』

就是這樣。也就是說，是在收拾各個地方的時候，誤以為是垃圾就丟掉了吧？

「花灑，怎麼辦……」

她以含淚的眼睛看向我，發出求救似的聲音。

我胸口竄過一陣鈍痛。

「弄壞燈飾的……就是我啊……」

我知道，葵花……

——噢，為免誤會，我就先透露一點點這次故事的結尾。

很遺憾，這次的事件，不會有所有人都能得到幸福的大團圓結局到來。

之後我將必須做出選擇。選擇要救誰，對誰見死不救。

而根據我選擇的結果……我將失去一份重要的關係……

這個時候的我不知道事情會變成這樣，滿腦子只顧著想如何才能讓葵花得救。

我追查真相，因而絕望

# 第三章

之後，我們找出了破損的燈飾，立刻前往學生會報告。

我和翌檜都提議先由我們幾個討論看看能不能處理這個狀況，然後再去報告比較好，但葵花堅拒。

「燈飾是我弄壞的，如果不說出來，Cosmos 學姊會很傷腦筋！所以，所以……我要好好說出來！」

我和翌檜被葵花那充滿堅定意志的聲音震懾住，只好心不甘情不願地答應她的提議。

然後我們前往學生會報告，就看到裡頭已經擠了很多學生。

他們並不是在等葵花。許多學生來這裡，都是為了找學生會長 Cosmos，問她繚亂祭是否能夠舉辦。

就是這樣的狀況。有那麼一瞬間，葵花遲疑般全身顫抖，但也只有一瞬間。

葵花用力咬緊牙關，撥開大群學生，踩著強而有力的步伐前進，告訴 Cosmos 真相。

告訴她：「是我誤把燈飾當成垃圾丟掉，結果弄壞了。」

Cosmos 和其他學生聽得啞口無言。

而到最後……她面向我和翌檜，流著眼淚說了聲：「再見。」

如果自己待在身邊，就會給我和其他圖書室成員添麻煩，所以要保持距離。

這句「再見」裡強烈蘊含了這樣的心意，令人難過……

我感受著背上莫名的寂寥，獨自上學，剛從鞋櫃拿出室內鞋……我所害怕的事態已經發生。

——翌日早晨。

「欸，你聽說了嗎？燈飾雖然找到了，但全都壞掉，根本不能用了。所以，今年的繚亂祭可能會停辦……」

「我知道啊……不就是二年級的日向學姊當成垃圾丟掉才弄壞的？」

「一般人多少會看一下袋子裡裝了什麼吧……她是打算怎麼負責啊？」

「她似乎是說自己會賠，明明不是高中生付得起的金額。」

「對了，她是不是以為別人會幫她啊？」

傳進耳裡的，是一群疑似一年級生在對我的兒時玩伴——葵花，說出辛辣的評語。

事情鬧得那麼大，當然幾乎所有學生都已經知道葵花就是弄壞燈飾的犯人。

葵花是網球隊的王牌選手，本來也是校內的明星……卻只因為一次事件，一個失誤，就失去了這一切的信賴……

「那……那個……各位……請不要把日向學姊說得那麼難聽。任誰都難免會犯錯，重要的是犯錯以後要怎麼挽回信任……」

咦？剛剛說話的嗓音是……

「怎麼啦怎麼啦，撫子？妳要袒護日向學姊？」

「咦！呃，那個……」

果然是啊。

是我不太會應付的那個千金小姐口氣的一年級生……壘球隊的赤井撫子。

她昨天連和葵花接觸都顯得抗拒，今天卻說話護著她？

雖然不知道這中間有著什麼樣的心路歷程……但我很欣慰。

既然這樣，我也……

「妳啊，該不會是被日向學姊收買了吧？」

「哪……哪有！我才沒有被收買！」

「好好好，說得也是啦，日向學姊很受二年級男生歡迎，如果她說會透過別的男生介紹妳崇拜的芝學長給妳認識，妳會想投靠過去也是——」

「嗨，撫子，我們昨天見過啊。」

「……啊！如月學長！早……早安！」

「唔！記得這個人是棒球隊大賀學長的好朋友……總、總之，撫子！不管妳說什麼，我都不會改變我的意見！」

呼……這就是沾光的感覺嗎？好友的力量實在太偉大啦。

我順利趕走逼問撫子的一年級女生嘍。

「那個……謝謝學長救我。」

「哪裡，我才要謝謝妳，這樣護著葵花……」

「哪兒的話……我只是，說出自己的想法。」

她手按著臉頰，笑得很有氣質的模樣，透出一種不像她這年紀的女生會有的嫵媚……但是為什麼？

當我和撫子相處，還是會莫名地不寒而慄。

「請問，如月學長……你知道繚亂祭會不會辦嗎？」

「不好意思，我也不知道啊……只要能辦燈花典禮，問題就可以解決了。」

「是嗎……」

反過來說，就是因為辦不了燈花典禮，問題才沒有辦法解決啊……

燈花典禮要用的燈飾已經壞了。

無論如何盼望奇蹟，這都是無可撼動的事實。

「不……不過妳也別這麼沮喪！等我今天見到 Cosmos 會長，我會問問她要怎麼辦！還不知道會不會辦，就表示也許不會停辦啊！」

——我這幾句話像是說給撫子聽，其實是說給自己聽啊。

「……好的，謝謝學長。」

撫子垂頭喪氣，漸漸走遠。
我對她的背影產生莫名的罪惡感，一邊走向自己的教室。

*

——午休時間。
我們這幾個成員和昨天一樣，聚集在圖書室……但人數很少。
來的只有我、Pansy、翌檜、小椿和小柊這五個人。
其他成員一個也沒來。
葵花是為了避免因為她來而給我們添麻煩。
Cosmos 今天也在學生會開會，擬定繚亂祭的對策。
山茶花和紅人群的各位一起在外奔走，想設法收拾其他班級對葵花的惡評；小桑則是被棒球隊叫去。
「大家都不在就好寂寞喔～～……好擔心葵花喔～～……」
小柊落寞地垂頭喪氣吃著烤雞串。
因為她怕生又怕寂寞，相對地就很重視朋友啊。
「我也和小柊同感呢……照這樣下去，葵花會很危險呢。」

小椿說得沒錯，葵花離最壞的情形只差一步。

雖然她本人並未受到明確的迫害，但總之難聽的說法在整間學校蔓延。

而且還不斷被加油添醋，更加惡化。

這次的事情最棘手的就是一旦有人幫葵花說話，就會被判斷為「藉口」。

對於說葵花壞話的傢伙而言，葵花是「惡」這點已經定案，不管跟他們說什麼，他們對此都深信不疑。

這種時候，如果能找在學校對學生很有影響力的 Cosmos 商量就好了，然而……很遺憾，這是不可能的。Cosmos 自己也是惡評纏身，又為了繚亂祭的事情忙得焦頭爛額，實在沒有餘力來幫忙這邊。

……唯一的救贖，就是我和葵花的同班同學了吧。

只有他們，因為有至今的來往與同班的交情，不會對葵花說難聽的話，反而很擔心她。

只是，葵花自己卻不和任何人交流，就只是獨自靜靜地過著日子，變成大家都不敢去提這件事。

當然了，這個狀況下，我們並不是什麼都沒做，然而……

「葵花完全不肯跟我說話。一直到昨天，我們還那麼要好……」

翌檜眼眶含淚地吐露心聲。

沒錯。同班的我、小桑、小椿、翌檜、山茶花、紅人群的各位都找葵花說話，想鼓勵她，但每個人都失敗了。

一試著找葵花說話，她就會跑掉。

結果直到現在，沒有一個人成功地和葵花說話。

照這樣下去，繚亂祭結束後，她應該也不會回到圖書室吧。

再加上，還有另一個問題……

「我說 Pansy，妳有沒有想到什麼能圓滿解決這種狀況，讓大家可以開心舉辦繚亂祭的方法？」

「怎麼可能有這麼萬能的方法？」

就是 Pansy 這種態度。

關於這次事件，她都只說些格外消極的意見，這點到今天也絕讚持續中。

Cosmos 與葵花——這兩個對她而言是上了高中後第一次交到的重要朋友，都陷入了這樣的狀況，她的言行卻令人忍不住認為她完全不想幫助她們。

「昨天我也說過，這次的事情真的很難處理。這屬於那種非得有人犧牲的問題。」

「……所以妳是說，要犧牲的就是葵花？」

翌檜發出了平靜卻強而有力的聲音。

「照現在這樣下去，就會變成那樣吧。」

「我怎麼可能容許這種事發生！葵花她……葵花對我來說，是非常重要的朋友……不，是我的好朋友！」

……的確是啊。在圖書室成員當中，葵花和翌檜感情特別好。

不只是在圖書室，她們在教室也幾乎都在一起。

如果可以，我也想救葵花。

我想回到上週那種大家都很期待繚亂祭的圖書室。

然而，我到現在還沒想到方法，就只是被事態牽著走。

＊

雖然燈飾破損，但繚亂祭要開辦還是停辦尚未確定，所以準備期間仍在持續。

然而，我們班的氣氛已經差到極點。

「喂、喂……怎麼辦？是不是最好有人去找她說話？」

「可是啊，她本人看起來並不希望有人找她說話……」

「今天，別班的人跟我抱怨『你們班在搞什麼鬼』。」

「…………」

班上同學說話聲靜靜迴盪的教室裡，葵花獨自一人，將她嬌小的身軀縮在角落，默默做事。就連我這個兒時玩伴也是第一次看到那麼安靜的葵花。

看著她這樣，我心中湧現的情緒是「後悔」。
為什麼葵花拜託我去幫忙網球隊的工作時，我會拒絕呢？
為什麼要請小椿把我的班往後延，而不是好好請假呢？
如果我和葵花一起，就不會弄壞燈飾，現在大家也就能繼續開心地準備繚亂祭了……該死！
「…………嘿咻。」
看樣子葵花的工作告一段落，只見她捧著許多貼了黑色圖畫紙的紙箱站起。大概是打算一起搬到堆置紙箱的地方吧。
如果是現在，搞不好……
「葵花，我來拿一半吧。」
「……！不、不用啦……」
好，勉強成功啦。雖然她一瞬間想跑掉，但似乎判斷抱著紙箱實在不方便跑，於是回應了談話。
「我說葵花，我們都是負責布景，一起做事吧。」
「……不行，因為這樣會給花灑添麻煩……」
看來這樣終究太貪心啊。
不過我也不會這樣就死心。

「別擔心什麼給我添麻煩啦。而且就連燈飾那件事，也不是妳一個人不好吧？起初是蒲公英——」

「不、不對！是我不好！」

「喔、喔……？」

怎麼了？葵花突然有夠大聲的……

她也許不希望有人提起這個話題，但再怎麼說也未免太——

「是……是我一個人做的！全都是我做的！」

「……這！喂，葵花……妳……」

這是怎麼回事？剛剛葵花的眼球往右動了一秒，往左動了兩秒。

「所以，花灑不可以放在心上！也不可以跟我一起！」

「我說葵花……」

「什……什麼事？」

我知道……我從小就認識她，所以知道……剛剛那種舉動……

「妳在隱瞞什麼？」

是葵花說謊時的習慣。

「…………！我……我什麼都沒隱瞞啊！」

她的眼睛又往右一秒，往左兩秒。

果然是這樣……葵花有事瞞著我。

「我……我要走了！這邊做完了，所以接下來我要去網球隊！」

「啊，等一下啦！葵……可惡！」

然而，我能得到的情報就只到這一步。

葵花加快腳步，放下紙箱後就動如脫兔地跑掉了。

……這是怎麼回事？

葵花錯把燈飾當成垃圾丟掉，結果其他垃圾壓上去，導致燈飾破損。這應該是千真萬確的事實。

然而，葵花的「全都是我一個人做的」這句話明確顯示出是謊言。

這就表示……

「花灑，可以來一下嗎？」

「喔哇！怎麼啦，翌檜？」

嚇我一跳！不要突然從我背後跟我說話啦。

「其實，是我得到了一些令人在意的情報。」

「令人在意的情報？」

「對！昨天，我們調查燈飾的事情時，不是聽到了關於其他圖書室成員的各種莫名流言嗎？」

翌檜拿出筆記本，把相關的一頁翻給我看。

說來真有這麼回事啊。記得是關於Cosmos、小桑和山茶花的奇怪流言。

「關於那些流言，似乎全都是在燈飾不見前沒多久……從週五開始傳的。」

「啥？」

「……你不覺得很奇怪嗎？」

「呃～哪裡奇怪？」

「我的意思就是說！搞不好，那些流言和燈飾的事情有某種關連！」

那些流言？畢竟那些流言全都是異想天開，毫無根據的流言耶。

妳用這種閃耀的眼神看我，坦白說我也很難表示贊同。

「呃，這未免太唐突了吧？說起來，那些流言就沒有葵花的份，而且每一則流言的內容都不像和燈飾有關吧……」

「可是，這些全都是損害我們圖書室這些人名聲的流言。然後，到了最後，葵花成了弄壞燈飾的犯人……這樣你還不覺得怪嗎？」

是沒錯，流言的目標全都是圖書室成員，這我的確覺得很怪，可是……要和燈飾連結在一起，總覺得太牽強。

應該說，翌檜想表達的是……

「妳是說，搞不好『真正的犯人另有其人』？」

「真有你的，花灑！我懷疑就是這個真凶放出會損害圖書室成員名聲的流言，弄壞燈飾，然後設計圈套陷害葵花！」

她這幾句話很可能是毫無脈絡，胡亂猜測。

想來說這些話的翌檜自己也很清楚。

但她還是找我商量，想必——

「翌檜妳不覺得是葵花弄壞燈飾的嗎？」

是因為她想設法拯救葵花。

「因為我的好朋友不會只因為疏忽，就把燈飾丟了！」

好厲害……幾乎整間學校的人都斷定犯人就是葵花，甚至她本人都承認了，翌檜卻能坦然說出這樣的話……

然而現在的狀況，讓我想起當時的事情……

我國小時發生的貼紙竊案。

那起竊案中，我明明知道足以拯救她的方法，卻沒救她。

可是，葵花明明不知道足以拯救她的方法，卻救了她。

儘管受到許多女生責難，連她自己都氣餒地承認「是我偷的」，葵花仍然說：「她絕對沒有偷！」一直到最後都相信她。

當時葵花的模樣，我到現在還記得很清楚，也希望變成她那樣。

所以這次——

「也對，翌檜說得沒錯。」

輪到我來拯救葵花了。

而且，我已經知道了。知道葵花是為了隱瞞某些事而說謊。

既然如此，就讓我來揭開她的謊言吧！

「對吧！所以……」

「既然不知道要從哪裡查起，就硬找些地方查查看吧！」

「好的！我們一起拯救葵花吧！」

這時的翌檜笑容雖然質樸，卻惹人憐愛，讓我儘管處於現在這種狀況，仍然不由自主地怦然心動。

今天我們也又去找繚亂祭執行委員有不和同學與部江田同學說明情形，得到調查許可。

他們兩人都爽快答應，說只要能拯救葵花就好。

班上同學和葵花之間的情誼尚未斷絕。

得趁這種情誼斷絕前查出真相才行。

「那麼，就先來整理我們圖書室這些人的奇怪流言吧！現在已經確定的有三個！一是Cosmos會長，二是小桑，最後是山茶花的！」

翌檜甩動馬尾，貼在我身旁走在走廊上，發出頗有活力的聲音。

如果加上流言的詳細內容——

「秋野櫻用金錢收買教師，得到學生會長的寶座與推薦入學的權利。」

「大賀太陽一到晚上，就和外校學生密會，進行可疑的密談。」

「真山亞茶花是只要拚命拜託，她就願意穿上超級A的兔兔服裝，幫你各種兔兔。」

——就是以上三種。

內容最狠的是 Cosmos，最異想天開的是山茶花，可信度最高的是小桑吧。畢竟他最近似乎紅得可以和土方歲三比。

話說回來，這一則則流言似乎都和燈飾完全無關啊……

「先不說真犯人云云，一般不會有這樣的流言吧……」

「所以才可疑！因此，我們就好好查清楚一則則流言的真相，再來判斷吧！採訪最重要的就是毅力啊，毅力！」

「好啦……那麼，首先——」

三則流言當中格外過分的是……

「我們就先查查 Cosmos 會長的流言吧。」

*

就這樣，我們從二年級樓層前往學生會室。

昨天有許多學生為了燈飾的事情跑來，但今天似乎沒有任何人來。

話雖如此，終究只是門外沒人，裡面有沒有人就不知道了。

上週來的時候，還想著這可能就是最後一次聽到 Cosmos 應門的聲音……真是作夢也沒想到竟然會以這樣的方式，又有機會來到這裡……

我內心五味雜陳地敲了兩次門。

「請……進。」

怪了？怎麼從學生會室裡傳來的說話聲不是往常平靜的聲音，而是格外陰沉，語尾明顯停頓的聲音？這嗓音……

「失、失禮了。」

「是花灑……啊。還有，校刊……社的……怎麼……了？」

果然沒錯。待在學生會室裡的，就只有學生會幹部山葵學長。

哪兒都看不見 Cosmos 的身影。

「山葵學長，請問，Cosmos 會長呢？」

「秋野和其他幹部去參加教職員會……議。為的是針對繚亂祭，和教師討……論。」

「咦！難道說，繚亂祭會停辦？」

「還不知……道。這會議就是要決定這件……事。」

看樣子，狀況比我想像中還要不妙。

一旦繚亂祭停辦，即使能夠洗刷葵花的罪名，學生們的憤怒可能也不會平息……

「Cosmos 會長還好嗎？如果有什麼我幫得上忙的地方……」

「秋野自己就不希望這樣……吧。因為這次的事，秋野希望能由身為學生會長的她自己解……決。然而，這次的事，也許正因為是秋野，才會陷入苦……戰。」

「正因為是 Cosmos 會長？請問這話怎麼說？」

「秋野重視規……則。因此她循規蹈矩，想設法修理或重新買過燈飾，但哪兒都擠不出這樣的經……費。也就是說，照這樣下去的話，既沒辦法讓教師認同，也沒辦法促成繚亂祭開……辦。」

這表示只要有經費，就有辦法重新準備好燈飾？

「所以，你們有什麼……事？」

嗯～～……坦白說，我來只是想問問 Cosmos 關於流言的事啊。

只是，如果坦白說出這點……

「對不起，我只是有事來找 Cosmos 會長，所以沒關係！」

「翌檜！妳這樣……」

「咦？怎麼了嗎？我又沒說什麼不該說的——」

「妳～～說～～蛇～～磨～～……唔！」

妳就是說了不該說的話啊。因為只要一牽扯到 Cosmos，這個人就會緊咬不放。

妳看他一臉凶樣地逼近過來了啦……

「那問我不就好了……嗎！沒有什麼事是秋野做得到，而我做不到……的！」

出現了，山葵學長的招牌台詞。

「我都忘了……山葵學長就是這樣的人啊。對不起……」

「沒關係，就當是意外。」

翌檜一副厭煩的樣子吐露心聲。

這一說我才想到，翌檜和山葵學長本來就認識啊。

「來，問……吧！我會毫不隱瞞，有的事情和沒有的事情都回答你……們！」

請你只回答真的有的事情。

傷腦筋……坦白說，我已經想回去了，但他多半不肯放我們回去……

「Cosmos 會長的流言，山葵學長知道嗎？」

就乖乖問問看吧。

「搞什麼，是要問這種事……啊？」

看樣子，我們的問題不太符合山葵學長的期望。

他的表情變得像是覺得非常無趣。

「我當然知……道。不就是說秋野都用錢怎樣怎樣的流言……嗎？哼哼哼，這就是看平常做人……了。像我就一次也不曾在這間學校變成話題……啊。」

你知道嗎？背地裡，大家都叫你「西木蔦的路易〇」耶。

因為綽號是長長的綠色蔬菜，又每次都考全學年第二名，才會被叫成那個高高的，一身綠色的，永遠排在第二的水管工喔。

因為規約問題，在這裡不能明白寫出全名就是了。

「其實，我是想問關於這個流言的事。請問學長知不知道這流言是怎麼傳開的……」

「問我知不知道……嗎？這個的話，我知……道。」

「是真的嗎！」

沒想到路易〇還挺靠得住！

「唔……嗯。別看秋野那樣，她在學妹之間樹敵很……多。所以，就算有人為了損害秋野的名聲，編造流言散播，也不奇怪……吧。」

咦？是這樣？Cosmos 在學妹之間名聲不好……

「呃，她都被票選為花舞展的表演者，我想不分男女應該都很喜歡她……」

「不是……吧。她重視規律，判斷正確的事情就是正確，然後行……動。因此，她和多少偏離規律的學生之間，交情很難說友……好。」

「這是那些違規的學生自作自受，我看是想太多——」

「花灑，剛剛學長說的那些是真的……我不太想說這種話，但之前在校內做針對學生會的意見調查時，對於Cosmos會長，就有很多意見說她『對每一件小事都很囉唆』……主要是一二年級的女生寫的。」

原來如此。說穿了就是太正經吧。

「所以，流言來自對秋野懷抱明確惡意或敵意的人，這樣的可能性很……高。」

惡意或敵意是吧……如果是這樣，我就會想到一個人。

雖然是別班，但最近有機會交流，對Cosmos懷抱明確敵意的人物。

這個人前不久才因為超出預算的器材追加申請遭到Cosmos駁回而抱怨……說得好聽是個性豪爽……說得難聽，就是不守規矩。

「花灑，如果是這樣，接下來……」

翌檜聯想到的人似乎跟我一樣，她用力拉扯我的袖子，要我離開。

也是。我們下一個該見的人是和Pansy同班，參加壘球隊…………就去找Primula問問看吧。

「……山葵學長，謝謝你告訴我們這麼多事情。」

「別放在心……上。這點小事，不足掛……齒。我在這裡製作澈底得體無完膚的各社團器材表，如果遇到什麼困難，就別找秋野，跟我聯……絡。」

我們最後跟山葵學長說了幾句話，離開了學生會室。

＊

之後，我和翌檜為了見 Primula，來到了 Pansy 跟小柊的班上，但沒能找到她……然而 Primula 的同學說「她去壘球隊了」。我們成功取得這個消息，於是這次前往運動場。

昨天也好，今天也罷，總覺得被搞得到處奔波，不過就別計較了。重要的是 Primula。

呃～～那傢伙在哪……沒看到啊……

「也不在這裡啊。會不會是剛好錯過了？」

「誰知道呢？也可能只是剛好離開這裡一下……啊。」

喔，正好。對耶，我都忘了她也是壘球隊的。

那就先找她問問看吧。

「喂～～撫子！可以跟妳說幾句話嗎？」

「哎呀，如月學長？請問怎麼了嗎？」

明明穿著學校指定的體育服裝，卻讓人覺得身上的衣服比別人高級一階，大概是因為撫子有氣質的舉止吧。

雖然光是看著她的舉止……我就莫名覺得全身不寒而慄……

「其實我們在找 Primula。聽說她在壘球隊……妳知道她跑哪兒去了嗎？」

「如果要找早乙女學姊，她去教職員辦公室了。她說『我很掛心繚亂祭會不會辦，所以去偷聽教職員會議』……」

她準備工作不做，搞什麼……不過我也不太有資格說別人啊。

「花灑，要怎麼辦？我們也去教職員辦公室嗎？還是說，在這裡等 Primula ？」

『在這裡等 Primula』、『去教職員辦公室找 Primula』……呃，這是美少女遊戲嗎！老是要我移動，該死！

……咳，總之，這次的選項就選『在這裡等 Primula』吧。

去教職員辦公室也行，然而如果又剛好錯過就很棘手。

我想盡快跟她說話，但還是尊重「欲速則不達」這句格言。

「這個嘛，這樣的話——」

「怪了？這不是如月學長嗎！學長該不會是好想好想我，再也忍耐不住，才來運動場堵我？學長你真是的～～！真拿學長沒辦法呢～～！唔哼！」

好，就去辦公室吧。什麼「欲速則不達」走開啦。

這傢伙說著和昨天幾乎完全一樣的台詞出現，是有沒有這麼神出鬼沒啦……

「……啊！不可以像昨天那樣，因為我突然靠近就太害羞而吼我喔！如月學長是個天生的傲嬌，實在太喜歡我，這我很清楚！唔哼哼哼！」

可惜。如果把「如月」換成另一個姓氏，我就能夠全面贊成妳這說法了。

但很遺憾，現在我沒空陪妳耗。

「不好意思，蒲公英，我們現在非常忙……」

「竟然！兩位很忙嗎！……既然這樣，羽立學姊！我也來幫忙！我人可愛，又有著優秀的能力，做事實在太俐落，弄得芝學長都一臉惡鬼般的表情對我說：『蒲公英妳實在太靠得住，麻煩妳走遠一點，去幫助遇到困難的人！真的，我求求妳！』唔哼！」

原來如此。也就是說她實在太派不上用場，所以被芝用拜託的方式趕出來了。

但把她塞給我，我也很傷腦筋，如果可以，實在很想把她攆走……

「然後然後，我該做什麼才好？請趕快給我工作！我會努力的！唔哼哼哼！」

她不知道在充滿幹勁什麼意思的，很難拒絕耶。

「又給芝學長添麻煩……可惱……」

嗯？怎麼好像聽到有個低沉有力的聲音在說話……是我聽錯了嗎？

「……咦？這不是撫子同學嗎！」

「……嘖！竟然給我發現了……呢。」

我說，妳剛剛咂嘴了吧？絕對有吧？

「……呵呵，妳好，午安，蒲公英同學。」

看來這兩個人同樣是運動性社團的一年級生，彼此認識。

話說……

「今天妳也好有氣質又惹人憐愛呢，撫子同學！」

「謝謝誇獎。蒲公英同學如果在地獄的堆肥裡，惹人憐愛的程度倒也勉強可以站上頂點呢。喔呵呵呵……」

撫子絕對討厭蒲公英吧？

「唔哼哼！對吧，對吧！畢竟我實在太可愛，去到哪裡都可以站上頂點嘛！撫子同學也可以多參考參考我！」

這呆子技能也呆過頭啦！為什麼這麼直截了當的諷刺妳都沒辦法聽懂？

「這個垃圾雜碎耍蠢便便阿呆女……咳，失禮了。我好沒規矩呢，喔呵呵呵呵。」

妳可是真的很沒規矩喔。

「花灑，她們兩個……」

「……嗯，大概就是這麼回事吧。」

翌檜用她們兩人聽不見的音量對我說話，所以我也小聲回答。

雖然完全不知道理由，眼前可以確定的是撫子討厭蒲公英，而且相當討厭。

……但很遺憾，對方是個呆神。

完全沒發現自己被撫子討厭，被她用難聽的話亂罵一通。

「那麼很抱歉，可以請蒲公英同學離開嗎？因為妳繼續待在我的視野裡，會讓我的眼球發霉的。」

「妳喔～～！我也知道我可愛得會讓人眼球融化，但不必這麼害羞～～！唔哼哼哼！」

我可以當作她們之間的對話是成立的嗎？

「妳還是老樣子，腦袋裡都是花圃……呢。啊啊，好想一把擰爛……呢。」

妳就算語尾加上「呢」，整個人的形象也已經變了啦。

「那個～～蒲公英，撫子好像覺得有點困擾，所以還是請妳離開……」

「怎麼可能有這種事呢～～！唔哼哼哼！」

當然可能有這種事啦～～！啊哈哈哈！

「撫子同學不可能當我是麻煩！我們分別參加棒球隊和壘球隊，同樣是一年級生，常有機會交流，但我一直都在幫她！反而說她對我感激不盡也不過分吧！」

蒲公英，妳隨時都只會說得太過火耶。

「每次就愛多管閒事，增加我要做的工作……呢。就因為這丫頭在，真不知道讓我有多辛苦……呢。」

眼前我弄懂了一件事，就是蒲公英幾乎每天都無自覺地給撫子添麻煩。

「像上次，進行繚亂祭的準備工作時，我也去幫了壘球隊！可愛的我看到有人遇到困難，就是沒辦法當作沒看見！唔哼！」

「……！我、我才沒有請妳幫忙任何事情！」

嗯？怎麼撫子發抖的模樣有點怪？

剛剛的對話中根本沒什麼奇怪的……不對，等等喔……

「喂，蒲公英。」

「唔？什麼事呢，如月學長？」

「妳剛剛說『進行繚亂祭的準備工作時，去幫了壘球隊』，沒錯吧？這是幾時的事，妳去幫了什麼忙？」

「如……如月學長！請等一下，你問這個──」

「是週五！其實本來是由壘球隊負責收拾燈飾，但撫子粗心大意，忘了這回事！所以我就替她收拾了！」

「是喔～～……是這樣啊……妳知道這件事嗎，撫子？」

「……！那個，我差不多要回去忙社團的工作……啊！請放開我，羽立學姊！」

「只要妳把剛剛的事詳細說給我們聽，我就會放開妳！呵呵呵……」

漂亮，翌檜！

翌檜澈底壓制住了撫子。

撫子掙扎著想掙脫，但翌檜力氣相當大吧。

她的企圖毫無會成功的徵兆。

「哎呀？羽立學姊，妳怎麼了？不抱我，卻突然去抱撫子同學。」

「蒲公英，別放在心上。這可是妳難得大活躍的結果。」

「是真的嗎！那就請好好寵我！唔哼哼哼哼！」

「雖然我極其不想這麼做，但就當作答謝妳，答應妳吧。」

「我懂的。學長總是很感謝我，所以要道謝實在非學長所願吧……」

我已經懶得辯解，就當是這樣吧。

「唔哼～～唔哼哼哼……」

我一摸她的頭，她就開心地撒嬌磨蹭，實在有點煩人，不過現在就先別計較了。

更重要的問題是撫子。沒想到追查流言，結果卻從意想不到的地方得到了收穫。

「撫子，昨天我問妳：『妳可曾看到那天是哪個社團，又或者是哪個人在收拾燈飾？』結果妳只回答我『棒球隊的蒲公英』，卻沒說是哪個社團負責收拾吧？」

「這、這個……」

「還有，今天的事也一樣，仔細想想就覺得不對勁啊。妳們一年級女生幾乎都不想和幫忙圖書室業務的葵花和翌檜她們來往吧？那為什麼妳今天早上卻在鞋櫃那邊袒護葵花，現在也和翌檜正常說話？」

我昨天去找她問話時，她就很怕和葵花還有翌檜接觸。

短短一天，態度就判若兩人，怎麼想都不對勁。

「唔！學長一臉沒有秩序的五官，卻不知道在犀利什麼……呢。」

這個人從剛剛說話語氣就很沒氣質耶。

不好意思喔，我五官就長得沒秩序。可惡。

「撫子……該不會，其實是妳弄壞了燈飾？」

「不……不是我！我才沒有弄壞燈飾！只是……」

「只是？」

「……！我……我明白了！我說！我說就是了！所以，羽立學姊……」

「不行。等妳好好把一切都告訴我們，我就放開妳。比起葵花所處的境遇，這種事沒什麼大不了的吧？」

翌檜好可怕……

「…………是。」

看樣子撫子認命了，願意乖乖把情形告訴我們。

可是，從撫子的口氣聽來，她自己並不是弄壞燈飾的犯人吧？

然而，她知道一些事情。這到底……

「那個，是我藏起了燈飾……藏在游泳池附近的花圃。」

「啥？藏起來？為什麼要做這種事……」

現在是繚亂祭的準備期間，連游泳隊都沒在用游泳池，所以我想的確是個最適合用來藏東西的地方，但我完全不懂為什麼要這麼做。

「這是因為……！是、是為了給蒲公英同學難堪！」

「唷哇？給……給我……難堪？」
「如月學長、羽立學姊、垃圾雜碎耍蠢便便阿呆女，三位多半都沒發現，可是……其實，我對蒲公英沒什麼好觀感。」
不，我早就發現了。大概從妳們碰在一起五秒鐘就發現了。
「唔哼～～好奇怪耶……這裡除了撫子同學，就只有三個人，卻沒叫到我的名字……難道說，這也是給我難堪的一環？」
不，她有叫到妳，而且是用有夠誇張的綽號叫妳。
「可……可是可是，撫子同學對我沒什麼好觀感，這是怎麼回事？我這麼可愛，個性又完美，竟然會被討厭——」
「…………！就是這種地方啦！老娘就是覺得妳這臭ㄚ頭讓人不愉快！」
「咦唷！」
「咦！」
「啥！」
「可愛又個性完美？哪有可能！妳這臭ㄚ頭不管什麼時候都那麼傲慢，是個動不動就得寸進尺，給旁人添麻煩的狗屎雜碎女！可是，妳卻和棒球隊的人……尤其是和芝學長要好，讓我好生氣，氣得不得了！真的是Fuck you！」
撫子，妳冷靜點。妳這嘴臉不是女生可以表現出來的。

妳的臉和形象都已經化為不法地帶了。

「那天也是這樣！我才想說妳怎麼悠哉悠哉跑來運動場上，一臉呆樣地收拾燈飾，結果又被芝學長叫去……而且後來，妳也不聽芝學長說話，硬要教他跳一些奇怪的舞……」

棉棉舞是吧，我懂。

「這……這是誤會！那是因為芝學長千拜託萬拜託，要我教他……」

這是誤會吧。芝絕對不會講這種話吧。

「哪有可能！……所以，老娘為了讓妳這臭丫頭知道妳平常給人添了多少麻煩，才藏起了燈飾！因為老娘想到，等妳被別人添麻煩，就連妳那螺絲噴掉的腦袋也會懂得自己過去給別人添了多少麻煩！」

說穿了，不只是單純要給蒲公英難堪，也有私刑的一面是吧？因為直接用講的她也不懂，就讓她親身體會……

「可是……」

「可是？」

「這呆茄子說什麼：『唔哼！是我的粉絲發現收拾到一半，幫我收拾好了吧！唉～～！可愛果然是罪呢……』找也不找就給我回家去啦～～！」

要在腦內重播這景象實在太輕而易舉，讓我很傷腦筋。

「原來是這樣，撫子同學……」

難得蒲公英不哭著嚷嚷，垂頭喪氣啊……
看來知道自己被同年級的女生討厭，連她也會——
「這也是偶像的宿命吧……因為受到太多人喜愛，有時候也會變成忌妒的對象……不用擔心！……我對這種事也都做好了心理準備！唔哼！」
妳惹事的技能真不是蓋的……
「妳～～～～～！妳這超級狗屎耍蠢女啊～～～～！」
「撫……撫子，妳冷靜點！妳的臉變得像達斯．魔了！」
「唷哇哇哇……請、請妳冷靜點，撫子同學！要是妳受傷，就沒辦法繼承妳最珍惜的老家開的蔬果行了！要忍耐啊，忍耐！唔哼～～！」
撫子的老家開蔬果行嗎？沒有啦，這沒什麼不好喔！是沒什麼不好啦！
「不要說出我老家的事～～～～！要不要我拿櫻島蘿蔔敲得妳腦袋開花！」
「咿呀啊啊啊！如月學長，請救救我！蘿蔔女！蘿蔔女盯上了我可愛～～的頭部！唔哼～～！唔哼～～！」
嗯，我已經充分理解了……為什麼我一和撫子接觸，就會不寒而慄。
因為她這形象是演出來的。而且，她的本性非常離譜……真虧我的本能看了出來啊。
不管是蒲公英、薄荷，還是撫子……為什麼一年級就沒有個像樣的傢伙？
對我來說，簡直是魔獸的巢穴。

「好可怕喔～～……我不是櫻島蘿蔔派，是聖護院蘿蔔派的～～」

用聖護院蘿蔔打得妳腦袋開花就沒關係嗎？還有，妳沒事對蘿蔔這麼清楚做什麼？

「呼～～！呼～～！……咳。喔呵呵……我真是太沒規矩了。」

妳沒規矩到應該要對沒規矩這幾個字下跪磕頭。

「呃～～……那麼撫子，妳為了給她難堪，把燈飾藏到附近的花圃，但結果是白費工夫對吧？那後來怎麼了？」

「我也沒辦法，就走向游泳池附近的花圃想自己收拾。結果，哪兒都找不到燈飾……然後到了週一，就發生了那種事……」

原來如此啊。這下就比較說得通了。

葵花並不是把放在運動場上原來位置的燈飾拿去丟了。

所以是撫子把東西藏在游泳池附近的花圃，觀察蒲公英的動靜時，葵花來到現場，才會判斷是垃圾而丟掉了？……可是，還有幾個問題還沒問。

「可是啊，撫子，說起來……為什麼是蒲公英在收拾燈飾？本來是壘球隊負責的吧？」

「是的！秋野學姊嚴格吩咐，說燈飾要在十九點以前收好！所以那天雖然不是棒球隊負責收拾的日子，我還是急忙去收拾！」

「我們不知道！我們根本不知道我們壘球隊負責在週五收拾燈飾……」

照常理來說，有可能不知道這麼重要的事情嗎？

可是看撫子的表情，似乎沒有在說謊。

「所以知道這件事的時候，我好怕被懷疑……說起來，導致日向學姊丟掉燈飾的原因，就是我製造出來的……」

「所以妳才會從今天早上開始袒護葵花嗎？」

「……是。我想說算是一種贖罪……真的很對不起……」

撫子對我們深深一鞠躬。

雖說她製造出的不是直接的原因，而是間接的原因，但仍然對害到葵花這件事顯得深切反省。

然而……

「這是在贖什麼罪……」

她這種模樣反而加重了翌檜的怒氣。

「開啥玩笑！妳係咧鬼扯啥哩！想道歉，就自己去把自己做的事告訴全校的人不就好咧！可是妳就沒說唄？妳最想保護的不就是自己哩！妳做的事情不是啥『贖罪』！是先讓別人都不會怪罪妳，然後才小小幫葵花講幾句話而已哩！」

「咿！」

……翌檜啊，我知道妳很生氣，但麻煩用比較能懂的津輕腔來講。

「葵花她……葵花她……如果站在相反的立場，就不會做這種素！雖然她做素都沒在想，但她真的，真的是個善良的好孩子哩！這樣的好孩子在受苦，泥卻……！」
「翌檜妳的心情我懂，但是妳冷靜點！」
因為如果不讓她冷靜下來，我很怕真的會聽不懂她在講什麼。
「可是啊，花灑！」
「妳已經充分表達妳的心情了喔！妳看……」
「對、對不起……真的，很對不起……」
撫子全身發抖，流著大滴的淚水道歉。
她明明也可以隱瞞到底，卻坦白說出來，從這點看來，她本性大概也不是那麼壞吧。雖然真的很沒氣質……
「哎，妳似乎也有在好好反省，如果真的想贖罪，就想想自己能做什麼，然後去試試看吧。任誰都難免會犯錯，重要的是犯錯以後要怎麼挽回信任……對吧？」
「這……這句話……！」
妳發現啦？沒錯，這是照抄妳今天早上說過的話。
「謝……謝謝學長！」
「……花灑人太好了。」
翌檜似乎對我的處理方式有所不滿，鼓起臉頰，但我認為這就是對的做法。我並不是不對撫子生氣。

只是啊，我覺得現在與其痛罵她一頓來讓她反省，還不如讓她好好去做真正的贖罪比較划算……我所做的處理，就是為了這個目的。

「我……我也會盡我所能，真的好好為了日向學姊做些什麼！這次真的給各位添了麻煩……非常對不起！」

我們最後和撫子說了幾句話，就離開了運動場。

*

結果我們沒能見到Primula，但仍然有了重大收穫。

葵花並不是丟掉放在運動場上的燈飾，而是錯把裝進袋子，放在游泳池附近花圃的燈飾當成垃圾丟掉。

這個事實很重大。是很重大……沒錯，結果卻產生了新的疑問。

「為什麼葵花會連游泳池附近的花圃都特地去巡？應該離網球隊管轄的範圍挺遠……」

就是這麼回事。

也就是說，葵花會過去那邊肯定是有什麼理由。

「我也贊成翌檜的意見。只是，照現在葵花的樣子，就算直接去問她……」

「我想也是。她大概會什麼都不回答就跑掉吧……所以，這個時候我們還是回到原訂計

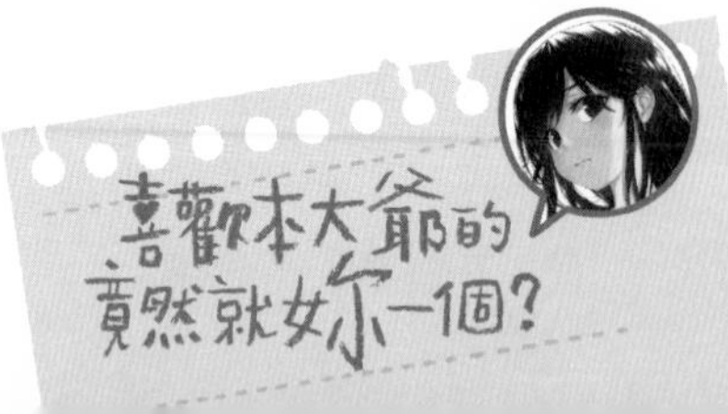

畫，去查下一則流言吧！來，動作快，花灑！」
翌檜馬尾彈跳，拉著我的手。
想必是因為多少解開了事件的謎，讓她十分開心吧。
「翌檜，謝謝妳提議要調查流言。多虧這個提議，我們才能從意想不到的地方得到重要的情報。」
「你在說什麼啊！我只是為了我自己而行動！只是，如果花灑還是感謝我……」
嗯？怎麼啦？翌檜看我的眼神顯得靜不下來耶。
「如果對我……也可以像你剛才對蒲公英那樣摸摸頭，我會很開心……」
翌檜以期待又有些客氣的舉止，把自己的手放到我的手上。
光是這樣的動作就已經夠惹人憐愛了……
「不行……嗎？」
再加上這種窺探我神色的眼神，根本犯規了吧。
「不，不會不行啦……好啦，這樣可以嗎？」
「呵呵！謝謝你！這樣一來，我就還能繼續努力很久！」
連小小握拳的動作都很惹人憐愛，讓我忍不住把目光從翌檜身上撇開。她本人大概沒發現，但這種樸實的舉止相當有魅力。
所以呢，我們的下一個選擇是「前往二年級樓層」。

順便說一下，蒲公英不在場。我跟她說：「芝應該差不多要開始缺乏蒲公英成分嘍。」她就一臉呆樣地說：「聽學長這麼一說，真的是這樣！得快點才行！」然後就離開了。

果然寵物還是要弄回飼主身邊才對。

——至於我們為什麼會在二年級樓層……是為了找山茶花。

剛才，和我們分頭調查的小椿和小柊傳來了情報，說是「山茶花的流言似乎是從二年一班開始傳開的呢」。

看樣子是翌檜委託小椿她們去查流言。

順便說一下，二年一班不是我們班。

我們是二班。一班是Pansy、小柊和芝……以及「那傢伙」的班級。

這樣看來，顯得可疑的就是——

「不過，山茶花的流言竟然是一班傳開的……果然現階段最可疑的就是『她』呢。」

翌檜似乎也跟我有著一樣的想法。

「……Primula，是吧？」

「是。撫子不知道週五收拾燈飾的工作是由壘球隊負責，這件事就很奇怪，而且她也對Cosmos會長懷抱明確的敵意……」

「說來就是這樣啊……只是，就算我們因此跑去質問她本人……」

「她也有可能四兩撥千斤地躲過我們的追問吧。別看Primula那樣，她其實個性是一點虧

都不肯吃的。」

「就是說啊～～這表示我們的準備還不夠吧。」

如果真正的犯人就是Primula，而我們沒有任何證據，那麼就算去問她燈飾的事，她也可能堅稱不知情，讓我們拿她沒轍。

所以，這樣說很難聽，但……最好還是先好好備齊逼問她所需的材料再去找她吧。玩RPG也是一樣，如果不做好準備就去挑戰最終頭目，會打輸是可想而知。升級與收集裝備是不可或缺的。

……又是美少女遊戲，又是RPG……我是這麼投入到遊戲的世界裡嗎？

「那麼，我們就去找山茶花，聽她說種種情形吧！該問的內容，就是流言和Primula的事吧！」

順便補充一下，山茶花的流言是：「只要拚命拜託真山亞茶花，她就願意穿超A的兔兔裝，幫你各種兔兔。」

至於Primula，就是問到週五放學後的情形，Primula對我們說：「十八點以後，我在教室裡跟山茶花學裁縫，學得差不多了，就跟朋友閒聊。」所以我們要找她查證這件事。

——那麼山茶花人呢……有了有了。

她跟紅人群的各位一起，在和別班同學說話啊。

「欸，可不可以不要把葵花說得那麼難聽？她那樣做也不是有惡意。」

「這是無所謂啦……可是山茶花，妳自己也……」

「我？我怎麼了嗎？」

「沒……沒有！什麼都沒有！總之，葵花這件事包在我身上！我會去拜託朋友一樣的事情！」

「真的嗎！謝謝妳！下次我會請妳吃聖代來答謝妳！」

山茶花和女生說話時，那種天真的笑容真的好可愛，就彷彿是純白的天使。

只是，那個跟她說話的女生的反應……多半是知道那則流言啊。

然而山茶花似乎不知道自己有這樣的流言。

那麼，看來她們也聊完了，就去找她說話吧。

「嗨，山茶花，我有幾句話要跟妳——」

「啥！你突然跑來做什麼啦！難……難道說，剛剛的你都看到了？忘……忘掉！你不忘掉，我就把你打到變成櫻桃派，讓你記憶……」

好奇怪喔，到剛剛都還有個純白的天使在，現在站在我眼前的卻是紅蓮的魔王。

「先……先別說這個了。其實，我是有事想問妳。」

「有……有事想問我？什……什麼事！你儘管問，我都會好好回……啊！……怎麼？找我有什麼事？我也是挺忙的喔。」

在她心裡，那聲驚覺不對的「啊！」之前的事情似乎是視為沒發生過。

只是儘管她裝得一副酷樣，目光卻浮躁地動個不停。

——那麼，該從哪件事問起呢？

『帶著爽朗的笑容問流言的事』、『以豁達又酷的態度問 Primula 的事』。

怎麼想都覺得前者太危險了。那麼，這時還是從比較安全的 Primula 的事問起——

「山茶花，妳知道現在外面在傳一些有關妳的奇怪流言嗎？」

翌檜啊，妳為什麼先選擇這個選項？

「奇怪的流言？妳在說什麼？」

「其實呢……就是這樣這樣那樣那樣。」

「…………！啥、啥啊啊啊啊！這是怎樣？你講這些是什麼意思！」

「不、不是我啊！我什麼都沒說耶！」

「那你為什麼要提這種事……難、難道說！你真的想讓我穿成那樣……！變態！你這變態！告訴你，說什麼我都不會穿成那樣！除非你堅持拜託我，不然我絕對不穿！」

好，我就準備下跪磕頭懇求……呃，不對不對。

「不是的……關於這件事，似乎是在週五放學後，從一班傳開的。」

「啥！為什麼會從那種地方…………………啊！該不會……」

山茶花說到這裡，似乎想起了什麼，突然開始臉紅。

還順便頻頻瞥向我，這是怎麼啦？

「山茶花，我知道妳很難為情，但還請妳老實告訴我們，說不定這會是非常重要的情報……為了救葵花所需要的情報。」

「救葵花？……既然這樣……！我……我知道了。」

大概是感受到翌檜的正經，山茶花也轉為略顯正經的表情。

然後，她不斷搧著發燙的臉，看著翌檜說：

「那天，我在 Primula 班上教他們裁縫時，跟一起做事的女生聊天……聊到要怎樣才能讓花……讓某個很噁的男生開心……」

原來如此，某個男生是吧？真令人羨慕耶，是誰啊？

「該不會是講到這某個噁心的男生很喜歡兔兔？」

也不必特地強調「噁心」吧？雖然我不知道這個人是誰，但也許他會受傷啊。

「是……是啊！所以，大家就聊得很起勁，說什麼如果穿很誇張的兔兔裝，他可能會很開心，然後就被在附近聽到的 Primula 取笑……真的是糟透了！」

也就是說，原來這個最破天荒的流言是事實嗎！

我還以為有什麼內幕，沒想到竟然是正中直球又原汁原味……

人生在世，真的是不知道會發生什麼事情啊。

「順便問一下，Primula 就只是取笑妳嗎？有沒有提到什麼別的事情？」

「我當時在教他們班裁縫，差不多就只有那個時候跟 Primula 說到話。她好像一直很在意運動場那邊，頻頻往窗外看，而且我教到一半她就不見了。」
教到一半就不見了？這會是Primula昨天說的「跟朋友聊天」嗎？
這表示，假設Primula做了什麼，就不是在山茶花教他們裁縫的時候，而是更晚……
「這樣啊……為防萬一，我還是先問清楚，Primula有沒有跟葵花說話？例如說，叫她去游泳池附近的花圃之類……」
翌檜啊……妳想趕快揭露真相，這種心情我懂，但這樣會不會問得太直接了？總覺得多少可以委婉點……
「咦？為什麼妳會知道這件事？」
啥！真的假的！
「有嗎！請告訴我！盡可能說得詳細點！」
「妳……妳冷靜點啦！……那個……是有提到葵花。可是，提到她的並不是Primula，是跟我一起做裁縫工作的女生。她事情做到一半……呃，要盡可能詳細對吧？……記、記得她是說……『游泳池附近的花圃也還有垃圾還沒收，我去跟葵花說一聲，請她在網球隊收拾善後的時候，如果有餘力就去處理一下』。」
喂喂，這可不是冒出了相當重要的情報嗎？
……所以葵花才會跑去游泳池附近的花圃啊？
然後，她之所以堅稱是自己一個人做的，就是為了袒護來傳話的人。

也就是說，這樣講很難聽，但如果葵花是正犯，就另外有個讓葵花採取這種行動的教唆犯……只是，這個教唆犯並不是Primula。

對不起，我不該懷疑妳的，Primula。

「是……是誰？妳說的這個跟妳一起做事的人是誰？」

真沒想到竟然有這麼一個陷害葵花的真凶……

既然如此，只要揪出這個人，好好對全校師生說明情形，就能洗刷葵花的罪……這是未必，但至少可以減輕她的罪責。

相對地，就換這個人要受到指責，但我才不管，這是自作自受。

……呃，慢著，山茶花說這個人和她一起留下來裁縫……和她聊起「某個男生」？這不是我們班的人，是Primula他們班的人吧？

而且，葵花會想一個人扛起罪責，就表示對她來說，這個人應該也是相當重要的朋友。

「妳、妳冷靜點，翌檜。這是妳也很熟的人……而且，妳今天大概也見過她吧？」

「我很熟……今天也見過？」

難道說，陷害葵花的教唆犯是……

「對啊。因為跟我一起留下來裁縫，拜託葵花收拾的人……」

別說了，山茶花……別再說下去了……

我本來只是因為沒地方查，就來查流言而已。

所以，我要再次從頭查起。

這樣——

「就是 Pansy 啊。」

聽到山茶花這句話的同時，我想起的是她在午休時間說的話。

『昨天我也說過，這次的事情真的很難處理。這屬於那種非得有人犧牲的問題。』

真的……這可不是搞成不得了的事態了嗎……

# 第四章

# 我一努力就會惡化

這是完全出乎我意料，而且最壞的情形……

我和翌檜聽完山茶花的說法後前往的地方……是二年級樓層的某一班。

過去的距離非常短，正常走路不到一分鐘，但我們花了五分鐘才抵達。

一路上，我和翌檜沒有說話。

我沒有話要對她說，而她也只是默默走在我身旁。

然後，朝我們要去的教室裡頭看去……

「Pansy，小椿好過分喔～……竟然把我丟在一群不認識的人裡面，自己走掉了～她好壞心喔～～！」

「這可苦了妳呢……所以，小椿在做什麼呢？」

「她去店裡了！小椿是很厲害的店長，所以要以工作為優先！」

「這樣啊。謝謝妳告訴我，小柊。那就跟我一起做事吧。」

「嗯！Pansy 果然好貼心好貼心～～！」

Pansy 和小柊和樂融融地一起縫製衣服。

多半是在準備這個班級預計要辦的角色扮演咖啡館吧。

光是看著這幅光景，就讓我胸口微微刺痛。

門開著，要找的人也找到了。

……可是，我卻陷入一種眼前有著一堵厚實牆壁的錯覺，沒辦法往前踏上一步。

「咦？小桑？」

無意間看了手機，發現小桑傳訊息過來。

看來小桑也為了這次的事情，展開了各種行動。

只是我……實在沒辦法展開行動……

「嗨，妳們兩位好啊。」

糟了……當我注意力被手機吸引過去時，翌檜已經先過去了。

「啊！是翌檜！翌檜也一起來工作！這樣就會好開心好開心～～！」

「對不起，小柊，我不是來玩的。」

「啊嗚……好遺憾喔……」

小柊歡迎翌檜，但邀請被拒絕了。

也就是以本來的目的為最優先是吧？說來也是當然啦。

「Pansy，可以耽誤妳一點時間嗎？」

「…………好的，沒有問題。我本來就覺得你們差不多該來了。」

Pansy 的沉默有些長，其間她並不是看著翌檜，而是確定我在場之後，也不問是什麼事就答應了。

也就是說，她已經知道我們是為什麼而來吧……

「對不起，小柊。我很想跟妳一起裁縫，但現在沒辦法了。」

「咦咦咦咦！我不要這樣！我要跟 Pansy 一起！」

「小柊，對不起，請妳放棄吧。Pansy 有非常重要的事情要和我跟花灑談。」

「不要！那我也要去！Pansy 跟我一起～～！」

小柊帶著天真的笑容抱住 Pansy。

她真是讓人為難啊……

「可是……」

翌檜略顯不知所措，看向仍未走進教室的我。

所以我只是靜靜點頭。

「……好吧。那麼，請小柊也一起來。」

「太棒啦！謝謝妳！翌檜也好貼心好貼心耶～～！」

「可是，請妳千萬不可以干擾我們談事情喔。因為這是非常重要的事。」

「嗯！不用擔心！我只要能在一起就大大大滿足了！」

翌檜帶著一臉天真笑容的小柊與表情平淡的 Pansy 回來了。

「那麼，我們走吧。」

「不在這裡談嗎？」

「是啊，既然我們要談的事情非常重要，在這種地方談就太沒神經了。我看……只有現在不會有人去的……『那個地方』適合吧？」

「……也對……我明白了。」

也是啦。我也完全贊同……

＊

我們四個人前去談重要事情的地方……就是我們平常每天都會去，今天也去過的……圖書室，那裡的閱覽區。

我這才想起午休時間除了我們四個人以外，只有小椿來。

——而小椿要顧店，所以已經回去了……也就是又少了一個人啊……

「難得來了，要不要我去泡個紅茶？」

「不，不用了。因為如果事情談不妥，說不定就會讓妳燙傷。」

「……是嗎？我明白了。」

翌檜那尖銳如長矛的聲音刺穿了Pansy。

光是這麼一句話就不難想像翌檜現在懷抱著什麼樣的感情。

也不難想像兩人之間的情誼已經瀕臨瓦解……

「咦～～！我想喝 Pansy 泡的紅茶！她泡的紅茶好好喝好好喝，翌檜喝了也一定會打起精神來的！」

「小柊，我剛才說過吧？要妳千萬不可以打擾我們談事情。」

「啊嗚……妳是說過……」

小柊被翌檜的氣勢震懾住，默默地垂頭喪氣。

至於我們坐的位子，是我身旁坐著翌檜，對面坐著 Pansy 與小柊。

「Pansy，我就單刀直入地問了。」

翌檜拿出平常用的小小筆記本與愛用的紅筆。

終於要開始了嗎……

「妳在週五放學後，是不是去拜託葵花『請妳去收拾游泳池附近花圃裡的垃圾』？」

「有，我說了。」

Pansy 很乾脆，若無其事地承認。

大概就是這種態度激怒了翌檜，她握筆的力道變強了。

「那……那麼……妳知道這造成了什麼結果嗎？」

「葵花錯把燈飾當成垃圾丟掉了，而這成了燈飾弄壞的原因。所以，繚亂祭也許會無法舉辦。」

妳也太老實了吧……為什麼不多少否認一下……

照這樣下去……照這樣下去，妳真的會變成壞人啊。

「為什麼……這是為什麼，Pansy！」

翌檜似乎再也忍不住，大聲喊了出來。

「呀！咦？咦？」

小柊嚇了一跳，發出有點狀況外的聲音，畏畏縮縮地看著四周。

「為什麼妳之前都不說？妳從一開始……從燈飾不見的時候就發現了吧！所以妳的態度才會一直都很奇怪！才會對找燈飾這件事，比誰都消極！」

「算是吧。我從昨天……從你們開始行動前就全都知道了。因為，比誰都更早確定燈飾已經毀損的人…………就是我。」

這樣啊……所以她才不去找燈飾。

因為已經演變成無可挽回的事態；因為事態已經讓人無能為力。

「這種事不重要！我是問妳，為什麼都不說！」

「午休時間我也說了吧？『昨天我也說過，這次的事情真的很難處理。這屬於那種非得有人犧牲的問題』。」

是啊，妳是說過……狀況也真的就如妳所說。

照這樣下去，除非葵花和 Pansy 其中一個當壞人，不然就收拾不了事態……

「那麼，妳是想犧牲葵花，只讓自己得救嗎？」

「妳可以這樣想。」

「我怎麼可能容許這種事情發生！不管是站在校刊社的立場，還是站在葵花好朋友的立場，我都不能接受妳企圖隱瞞真相的行為！這次的事情，我會確實告訴大家！不然要我寫成報導也——」

「請妳不要這樣。」

喂、喂……Pansy，我說真的，妳在說什麼鬼話啊？

「妳……妳到底在說什麼……」

「我求求妳，翌檜，請妳不要把妳知道的真相告訴其他人。」

這！我、我真不敢相信……

Pansy，那個 Pansy……竟然對翌檜深深低頭懇求。

求她不要把真相告訴任何人。

「喂！Pansy，別這樣！妳為什麼要做到這種地步……！」

「不行，花灑同學。我還沒辦法決定……」

我趕緊朝桌上探出上半身，伸手讓 Pansy 抬起頭。結果映入眼簾的，是拚命忍住淚水的 Pansy……她是認真的。她認真想隱瞞真相。

——可是，這是為什麼？Pansy 的態度當然也很不對勁，但她的行動更不對勁。

為什麼 Pansy 會那樣吩咐葵花？她不說的理由也一樣，想得單純點，是可以解釋為這是

為了保護自己，但……不會，這不可能。

雖然我對她還有很多地方不了解，但還是有些地方我很了解。

Pansy 絕對不會為了保護自己，做出隱瞞真相的行為。

因為她這個人雖然對別人嚴格，對自己更嚴格。

「我還沒……我還沒能做出覺悟。不想被任何人知道。所以……求求妳，不要把這件事告訴任何人……」

「妳說妳還沒能做出覺悟……！畢竟葵花為了保護妳，犧牲了自己耶！現在她也孤伶伶一個人，被學校裡的大家指指點點，卻什麼都不反駁，用她小小的身體盡可能拚命補償自己的失敗……」

「我知道。可是……我求求妳……不要跟任何人說……」

「如果不希望我跟別人說，就請妳做出該有的行動！只憑妳現在的行動，我哪有可能閉上嘴什麼都不說！」

「我什麼也做不到……我已經，盡力了……」

「請妳不要鬧了！就連把燈飾搬到游泳池附近的花圃，導致葵花丟掉燈飾的那個一年級生，當我們仔細問她，她也說出了真相！說她一定會贖罪，這次一定會想辦法幫助葵花！可是，妳卻……！」

……我要思考。為什麼 Pansy 要做到這個地步？

如果只是她一個人……不，如果只是她和葵花兩個人搞砸了事情，她應該會坦白承認。

然後，如果她真的很為難，應該會找我商量。

可是，這次的 Pansy 卻沒這麼做。

……不對，如果不是沒這麼做，而是沒辦法這麼做呢？

「翌檜！我也求求妳！請妳答應 Pansy 的請求！我也會好好努力好好努力！所以……」

「小柊，請妳閉嘴！」

「呀！嗚……嗚嗚嗚嗚嗚！翌檜好可怕喔～……嗚嗚……嗚嗚～……」

小柊被翌檜的魄力震懾住，流下眼淚。

Pansy 在她身旁，一昧地對翌檜低頭。

直到前不久，我根本無從想像這種最壞……不對，不是這樣……

現在還不是最壞。真正最壞的事態八成還等在後頭。

Pansy 就是為了不讓我們走到最壞的那一步，才會這樣低頭拜託翌檜。

也就是說，她考慮的是「比現狀更壞的情形」……難道……！

——「是這麼回事嗎」？

「我錯看妳了，Pansy。我還以為妳是個更乾脆的人。」

翌檜似乎因為想說的話都說完了，找回了冷靜，靜靜起身。

她的態度像是在說，留在這裡也沒事做了。

但Pansy還是始終對翌檜低著頭。

「花灑，我們走吧。再跟Pansy說下去也沒有意義。」

「啊、嗯……知道了。」

沒錯。Pansy絕對不會說出真相。

既然如此，該怎麼辦？想也知道……該做的就只有重新調查。

「Pansy，抬起頭來！低著頭會沒有精神的！所以……嗚嗚嗚嗚嗚！我討厭吵架～～！好可怕喔～～！嗚哇啊～～～～！」

小柊放聲大哭，顯得很靠不住，但實際上並非如此。

現在真正被逼得走投無路的是Pansy。

而只有小柊會陪在這樣的Pansy身邊。

「小柊，請妳不要哭。」

「嗚嗚……我希望大家好好相處～～我討厭朋友跟朋友吵架～～！」

小柊抱住Pansy，哭個不停。

小柊的這種行動，讓人清楚感受到其中有著絕不離開她身邊的意志。

我沒辦法待在Pansy身邊，因為我還有事情沒做完。

所以，Pansy就暫時交給妳啦……小柊。

「我說啊，Pansy。」

「…………」

叫了也沒反應？

我就知道會這樣。那麼，我就自己把我想說的話說完吧。

畢竟妳平常對我做這件事做到我都煩了。誰也別說誰啊。

「我現在相當『有空』。」

「……！」

我和 Pansy 之間約好的暗語。

我只說了這句話就和翌檜一起離開了圖書室。

眼前得先從安撫那樣大發脾氣的翌檜做起。

但願可以順利……然而這次的翌檜實在有夠恐怖啊～

＊

「受不了！心情糟透了！」

離開圖書室走了一小段距離，翌檜氣呼呼地吐出怒氣。

坦白說相當可怕，但我也不能因為這樣就放著不管。

這種時候還是得做好覺悟——

「花灑！既然這樣，我們就再重新查過這件事！總之要查個澈底，揭穿 Pansy 隱瞞的真相！」

「……什麼？」

等一下，總覺得冒出了太出我意料的話耶。

難不成……

「Pansy，就算妳想演壞人，我可沒這麼好騙！」

果然是這樣。錯不了……

「翌檜，妳早就發現 Pansy 有所隱瞞了？」

「那還用說！所以我才想激她說出來，可是她根本不肯說！害我還吼了小柊，要道歉的事情變多，真的是搞不下去！所以，我現在心情糟透了！」

喂喂，真的假的……

「所以，妳從一開始就是故意生氣？為了激 Pansy 說出真相？」

「不，我是真心在生氣，氣她那種對我們隱瞞真相的態度。所以，雖然我很不想這樣，還是用半威脅的方式說話…………可是她好倔！」

啊～～所以翌檜才會那麼狠地對她施壓啊？

「我姑且問問……妳是怎麼看出來的？」

「唔！這……」

聽到我這麼問，翌檜露骨地皺起眉頭。

為什麼？我自認並沒有問這麼尷尬的問題。

「那……那個……是多虧前不久搞砸的事情……吧。」

她的聲調溫和而平靜，卻又像是……帶著些後悔。

「前不久搞砸的事？」

「……你不記得了嗎？就是你裝成山茶花和 Cherry 學姊的男友時，我和葵花對 Cosmos 會長做出像是遷怒的事情……」

說來的確有過這麼回事。

當時 Cosmos 為了準備好球網與印表機，分別提供給西木蔦高中的網球隊與校刊社，拚命幫忙唐菖蒲高中學生會的工作。

但既然無法確定，也就不能讓他們懷抱無謂的期待，所以她對翌檜她們都瞞著不說。

結果就搞得她們三個吵了一架。

「剛才 Pansy 的表情和當時的 Cosmos 會長非常像……所以我才會發現。發現 Pansy 大概是想透過不說出真相以及求饒，來把我的怒氣集中到她身上。」

妳已經對 Pansy 這麼了解了嗎……

甚至讓我覺得……我已經可以不用待在 Pansy 身邊了。

「可是，這樣好嗎？再這樣下去，葵花會……」

「是啊。對我來說，葵花是好朋友，我一定要救她。」

「既然這樣……」

「可是Pansy……不，圖書室的每個人都是我重要的朋友。畢竟我很貪心嘛！我不是只想和一個人，是想和大家一起走上最好的一條路！」

「也對……我也贊成。」

「而且，就算將計就計讓 Pansy 當壞人來救葵花，葵花一定又會失控！會說出『全都是我做的！』之類的話！」

「哈哈！一定會！被她這樣一搞，接著又會換 Pansy 說『不對，是我拜託葵花，所以全都是我的錯』吧？」

「我想也是啊！所以為了避免這種情形，我們得想想辦法！」

葵花和 Pansy 都給我極力隱瞞真相。

真的是給我搞出了很棘手的事情啊……可是，她們大概是情非得已吧。

坦白說，接下來我和翌檜要面臨的，是連 Pansy 都找不出解決方法的超級難題。也就是說，我們接下來將會撞上截至目前為止最大的難關。

——我試著說得煞有介事，可是……其實我已經知道結果了。

我腦中閃過最壞的答案。如果這個答案是真的，那麼一切就說得通了。

所以，接下來我們要進行的不是調查，而是對答案。

確定我的答案是不是正確答案……也只能對完答案再來想了……

Pansy，這個題目的確很難啊……

「那麼花灑，接下來我們該怎麼辦呢？我是想先把到目前為止的事情都去跟 Cosmos 會長報告，跟她商量看看要怎麼辦……」

「不，有個地方要先去。」

「咦？花灑你有什麼打算嗎？」

「算有吧……坦白說，我已經猜到真正的犯人是誰了。」

「真的嗎！也就是說，就是這個人物讓 Pansy 都無能為力，引發了這次的事態？」

「是啊……然後，如果真的是如我所料的那個人，那將會是最可怕的對手。」

沒錯，如果我對真正犯人的身分預測正確，多半誰也贏不了對方。

畢竟我在過去的人生中和對方對決過幾次，但一次都不曾贏過……這個對手就是這麼不得了。

可是，這次我們非贏不可，不然…………我們就完了。

「最可怕的對手？你竟然會說得這麼誇張，到底是什麼樣的……」

「我想想……是個就算是沒頭沒腦的謊言都能化為真相的怪物一般的對手。」

「這……這個人有這種能耐？那個……我是懷疑『她』與這次的事情有很大的關連，有可能是真正的犯人……」

「喔，那很好，大概跟我的預測挺接近的吧。」
「真的嗎！那麼接下來……」
「對，就如妳所想，這次……」
跟她的對決，必須要有萬全的準備……以及，許多人的協助。
正因為這樣，翌檜所說的「她」……
「我們這就去見 Primula。」

＊

「我說啊，結果繚亂祭會怎麼樣？要辦還是不辦？」
「不知道啊……可是，剛才 Cosmos 學姊走出會議室的時候，表情很消沉耶……」
「事情明明是葵花做的，卻因為燈飾的事情而被懷疑，現在又為了讓繚亂祭開辦，和老師們談判……好辛苦喔。」
「可是，搞不好她會幫大家想辦法解決吧？你也知道，Cosmos 會長家不是很有錢嗎？不知道她能不能用這點想想辦法？」
來到教職員辦公室前一看，關於繚亂祭的會議似乎已經結束，幾個學生在閒聊。
談話的內容還是一樣，聽了讓人有點火大，但也只能忍耐。

比起這些人……有了。總算讓我找到了。

「欸，Primula，我們應該繼續準備繚亂祭嗎？要是準備到最後決定停辦，全都會變成做白工。」

「嗯～～！很難決定耶～～！不過沒關係！現在也還沒正式決定，我看還是繼續準備比較好吧～～？妳想想，只要我們拚命準備，說不定就會促成繚亂祭開辦吧？」

這個像在裝傻卻莫名充滿力道的說話聲……是Primula。

「對……對喔！就是說啊！……嗯！謝啦！」

「別客氣～～！那我們也好好加油吧！」

「Primula，連這種時候也可以跟平常一樣，真的好厲害耶……啊！對了！妳明年要不要當當看學生會長？妳也知道，妳很會領導人，一定可以做得比Cosmos學姊更好！」

「哇哈哈哈！這主意真妙！……呃，哎呀呀？」

Primula似乎發現我們在場，視線轉了過來。

還好妳在這裡。我們奔波太久，我已經有點累了。

「啊～～不好意思，妳可以先回去嗎？我還有點別的事要辦。」

「咦？嗯……嗯！知道了！」

Primula似乎知道我們有事找她，便要本來一起的女學生先回去。

她的臉我見過，多半是同年級的吧。雖然不重要。

那麼，對方似乎也歡迎我們，就過去吧。

「嗨，Primula。」

「嗨，花灑，翌檜！昨天今天都碰到，我們好像很有緣啊！」

「不是有緣，只是我們自己跑來找妳啦。」

「唔呀！你說話可真熱情！那……在這裡說話也不太方便，就換個地方吧！」

我就想到會這樣，不過……該死，又要走路啦。

當然在辦公室前面講話也實在不太方便，可是我已經挺累了耶……

之後，我們離開辦公室，來到的是壘球隊的社辦。

起初也有人在這裡做事，但全都在 Primula 一句話之下離開。

看來 Primula 擔任新隊長有著相當大的權力。

「好啦！這樣就做好萬全的準備了！這是密室喔！我們來做形形色色的事情吧！」

Primula 坐到社辦裡的折疊椅上，說得十分悠哉。

她攤開雙手，一副要人撲到她懷裡的態度。

「啊～～對了對了！撫子的事情對不起喔！我都聽她說了！真沒想到她竟然和燈飾弄壞的原因有那麼點關係耶～～」

她已經知道這件事了？

搞不好就是因為這樣，她才會乖乖答應和我們談。
「所以，壘球隊的立場是會全面協助繚亂祭開辦！如果有什麼我辦得到的事，就儘管跟我說吧～～！」
「知道了！那事不宜遲，我馬上說喔！」
「唔呀！翌檜還是一樣急性子耶！」
「哪裡！我今天忍不住很賣力，搞得很累，所以接下來是打算交給花灑處理！」
「O～K！放馬過來吧！」
Primula傻笑著將視線朝向我。
畢竟走到這一步，翌檜真的很努力啊。接下來輪到我了。
「眼前我有很多事情想問妳……希望妳老實回答我。」
「你說話好過分喔～我可曾騙過你？」
「我沒叫妳別說謊，我是說希望妳老實回答我。」
因為我才跟一個雖然不說謊，卻不會老實回答的傢伙說過話。
就算Primula做出同樣的事情也一點都不奇怪。
當然，我多少也做了準備，不讓她得逞。
「竟然想知道女生的祕密，花灑真是不夠體貼呢～」
「有什麼關係呢？就是因為不夠體貼，我才說得出這種話啊。」

「喔！你打算說什麼呢？」

妳態度老神在在，但聽了我說的話以後，妳還能維持到幾時呢？

「Primula，就是妳放出奇怪的流言，製造出弄壞燈飾的原因吧？」

「這可說得真難聽耶……」

Primula 先前的笑意停了下來，冷淡的視線鎖定我。

「順便問一下，你當然願意告訴我，你為什麼會這麼想吧？」

「可以。」

話先說在前面，我可不是一個人行動。

即使不在同一個地方，我卻有一群夥伴跟我抱著同樣的目的行動。

其中最可靠的……我的好朋友，就告訴我很多事情。

「首先是燈飾，的確就是因為撫子討厭蒲公英，把燈飾藏到游泳池附近的花圃，葵花才會錯把燈飾當成垃圾拿去丟……可是，問題是在這之前。」

沒錯，這次燈飾壞掉的來龍去脈非常錯綜複雜。

撫子藏起來，Pansy 去吩咐葵花收拾，由葵花拿去丟掉。

然而……在更前面，還有一個階段。

「原本應該由壘球隊收拾的燈飾沒有人收拾。而當天負責收拾的撫子和其他隊員，都不知道自己要負責收拾。」

「是喔～～是這樣啊！真沒想到有這樣的真相——」

「就是妳故意不告訴她們的吧……Primula？」

她果然不打算老實回答我，真是個胡鬧的傢伙。

「等一下等一下，為什麼你會覺得是我故意不說？我也不知道——」

「棒球隊的新隊長穴江就對妳這個壘球隊的新隊長說過『今天負責收拾燈飾的是壘球隊』吧？」

「哎呀？是這樣嗎？呃，這種事——」

「我還聽穴江說，週五妳回校舍前，他跟妳確認過：『要收拾燈飾的事，妳確實交代過隊員了嗎？』妳還回答：『當然。』」

「……哎喲，真遺憾。」

知道這件事是我和翌檜一起去到 Pansy 班上的時候。

我進教室前猶豫了一會兒，小桑就傳了訊息告訴我這件事。

「我也聽山茶花說了喔，說妳週五在教室裡看起來一直很在意運動場那邊的情形。這不就是因為想知道燈飾有沒有被收拾嗎？」

「花灑真的很不體貼耶～～」

「Primula，我一開始就說了吧？希望妳老實回答我。」

「嘖……好啦。」

Primula 鬧脾氣似的將視線撇向一旁，小聲回答。

「就是你說的那樣嘍～～！我是故意不告訴她們要收拾燈飾！……理由，由我說比較好嗎？還是由你來說？」

「不就是因為妳討厭 Cosmos 會長，想給她難堪嗎？而且，山茶花的流言也……」

這也是我從小桑那邊聽來的情報，聽說壘球隊經常和 Cosmos 起衝突。說是壘球隊經常過了最終離校時間也仍然繼續練習，每次都被 Cosmos 警告。

以前 Primula 說「棒球隊完全不會被警告，但壘球隊就經常被警告」，理由就是這樣。說穿了，就是因為她們不守規定。

然而，這世上有很多事情不是因為規定了，大家就會信服。

所以 Primula 為了洩憤——

「完全答對了！……是不至於，不過大致上答對了！」

「這話怎麼說？」

「花灑，你站在自己的立場想想看，你會只因為討厭一個人就故意給他難堪嗎？要給一個人難堪，其實需要一些條件，你知道是什麼條件嗎？」

要給人難堪需要條件？這種東西……

「會是……大義名分……嗎？」

「喔！翌檜答對了～～！那就當獎賞妳答對，我照順序解釋給你們聽！」

啥？這是怎麼回事？要讓一個人難堪，為什麼需要大義名分？

「首先，我討厭學生會長，這說對了。她就是讓人很火大啊。名字跟我一樣，個性卻正好相反。她正經八百，每次都說『這是規定，所以你們要遵守時間』。真希望她可以通融一下……順便告訴你們，跟我有同樣想法的人還挺多的。」

「嗯，我知道。」

畢竟山葵學長就說過「秋野樹敵很多，尤其在學妹之間」。

除此之外，在我不知道的背後應該也有學生對 Cosmos 懷有敵意吧。

「所以妳才會放出流言吧？為了讓 Cosmos 會長難堪，憑空捏造流言……」

「……就跟你說，不是這樣了……」

Primula 以格外平靜的聲調否定我說的話。

她的聲調……像是在害怕。

「……花灑，我問你，你知道流言是怎樣才會傳開嗎？」

她說話的聲音很複雜，和我們先前聽過的裝傻或冷淡的聲音完全不同，交織著恐懼與後悔，靜靜迴盪在壘球隊的社辦。

「這……這個嘛……我不知道。」

「大家都想當正義使者啊，尤其是當那種打倒強大反派的正義使者。」

啥啊？這和流言有什麼關連？

「本來只是發發牢騷而已……繚亂祭的準備期間，每次我們沒遵守離校時間繼續做事，學生會長就會來警告我們。一起被警告的學生就說『她自己明明也留下來』，或是『她家裡有錢就囂張』。」

如果只是這樣，倒也沒什麼不自然啦……

「人在抱怨一個人的時候，都會先把自己正當化……然後也會為了正當化去找出對方不好的地方，如果沒有，就硬編造出來。當對象是那個正經八百的學生會長，捏造出來的理由就是『她家裡有錢』。這可不是因為自己家很平凡才嫉妒她喔……不，搞不好是嫉妒吧？啊哈哈……連我自己都搞不清楚啦……」

我覺得家裡有錢並不是壞事，不過……如果硬加上一些臆測，想說成壞事應該也的確辦得到吧。

「正想著這樣的理由，碰巧就開始在傳跟我的想法一樣的流言。就是我告訴過花灑的那些。當時我暗自竊喜，心想學生會長也有缺點，我果然沒有錯。」

「啥？放出流言的不就是妳……嗎……」

「我知道這點的時候也嚇了一跳啊……」

喂喂，難道說……

「我完全沒發現，原來『流言的起源就是我』……可是，我跟朋友發的牢騷被別人聽見，然後傳開來，漸漸變了樣，最後變成那樣的流言。我沒發現這情形，還以為我們說的是真的，高興得沖昏頭。山茶花的流言也一樣，我就只是在和朋友聊天……」

「可是啊，這種沒憑沒據的事情……」

「要得到信任需要100%，但要有嫌疑只需要1%就夠了。」

這……也許真的就如她所說。

——以前，我國小時發生的那起竊案。

當時她也是從小小的嫌疑，轉眼間就被誣指為犯人。

僅僅1%的猜疑，被硬說成100%……

「就這樣，最終我相信了流言而展開行動。以『給做壞事的學生會長一個教訓』這樣的大義名分，故意不吩咐隊員去收拾燈飾……之後就跟你猜到的一樣了。」

是這麼回事啊……

「明知道是壞事還要去做，除非是待在絕對可靠的安全圈裡，再不然就是相信自己是對的，否則實在辦不到啊……雖然也多少有些人不是這樣啦。」

說起來，撫子也是一樣……她找蒲公英麻煩時，也是先有「為了讓蒲公英知道她給別人添了多少麻煩」這樣的大義名分。

Primula 對 Cosmos 有敵意，但沒有惡意。

站在Primula的立場，始終是為了制裁Cosmos而找她麻煩。成了導火線的流言，是她跟朋友聊天的內容偶然被別人聽到，被加油添醋，在校內蔓延開來。

然後，Primula沒發現流言就是從自己這邊流出去的，相信流言，採取了行動。

除了他們以外，還有其他人對Cosmos有積怨。

為了成為這些人的英雄……成為打倒強大反派的正義使者。

於是將僅僅１％的猜疑，在自己心中轉換為１００％……

「我說啊，妳是怎麼知道自己就是放出消息的元凶？」

我這邊……其實也是小桑給我的消息，他告訴我Cosmos會長的流言就是Primula放出去的，我才會來找她。

然而，她之前卻沒發現流言就是自己放出去的。那麼，她是怎麼……

「我沒交代下去，結果就鬧出那麼大……鬧出燈飾不見的大事，所以，那個……我開始感到害怕，就去查學生會長的那些流言是誰放出來的。結果發現，讓流言傳出來的元凶身分就是……」

就是自己，是吧……

「我作夢也沒想到會弄成這樣！我發的牢騷，本來打算就自己說說而已！沒……沒想到……不知不覺間，卻傳得到處都是……整間學校都在傳……」

Primula平常一副滿不在乎的模樣，現在卻抱住自己的身體發抖。

多半是惡意在整間學校蔓延的情形，讓她覺得比什麼都可怕吧。

「他……他們都不肯相信我耶。就算我對相信了流言的人說：『那只是我隨便發發牢騷。』卻被說：『妳被 Cosmos 會長收買了嗎？』我好多次好多次真的跟很多人說過，可是誰也不相信我……然後我終於發現，自己已經無能為力了……」

正因為這樣，「流言」才可怕。一旦傳開，就再也沒有人能夠阻止。

哪怕是當事人也不例外。

「……花灑，你告訴我。為什麼謊言都能讓人相信，真相卻沒有人肯相信？」

「……比起對自己不利的真相，對自己有利的謊言更讓人容易接受啊。」

「這樣啊……就是說啊……畢竟我起初也是站在那一邊的啊……」

Primula 以抓住救命稻草似的視線朝我看過來。

我覺得她的眼神有著「救救我」的意思。

「謝謝你們。我一直沒辦法跟別人說這件事，現在說出來，輕鬆多了。」

「我不是為了拯救妳而行動……而且不管有什麼樣的苦衷，妳做的事都是天理不容。」

「哈哈哈……花灑果然很不體貼……可是，你說得對啊……」

即使得不到我的原諒，Primula 大概還是多少能夠卸下心中的大石吧。

跟先前比起來，她的表情清爽了那麼一點。

「……對不起喔，一切都是我不好，但我希望覺得自己是對的，硬編造出反派，當自己是正義使者。就因為這樣，做出了更壞的事情，結果就把事情搞成這樣了。真的，很對不起……對學生會長，還有山茶花，我都打算好好去道歉……」

搞不好就是因為這樣，Primula 才會待在教職員辦公室前？

不單純是想看看 Cosmos 的情形，也是為了謝罪……

「這次的事情，我真的有了切身的教訓……人真的好可怕。」

Primula 應該也學乖了吧。她看起來還勉強維持住了一如往常的態度，但感覺隨時都會支撐不住。

「也……也就是說，Primula 終究只是原因的一部分吧……所以，花灑你……」

「嗯，就跟翌檜妳想的一樣。」

沒錯，Primula 不是真正的犯人。

她是製造出原因的人之一，但終究只是沒收拾燈飾。

讓這次的事態惡化到這個地步的導火線，另有別人製造出來。

而犯人的真面目就是……

「真正的犯人是……『流言』。說穿了，就是『西木蔦高中』啊。」

「……怎麼這樣？真正的犯人竟然是整間學校……我們到底該怎麼辦……」

所以我才說這是最可怕的對手。

我過去被這種情形搞得多慘已經不需要多說。

「我說，花灑，『流言』也許就是引發這次事件的真正犯人……可是，這樣的話，Pansy 的行動又會怎麼樣？說出來是很失禮，但我怎麼想都不覺得 Pansy 會為了袒護 Primula 而行動……」

她說的也沒錯。Pansy 和 Primula 之間不存在友好關係。

不，即使有友好關係，Pansy 這個人也不容許有人做出不該做的事。

哪怕是我或翌檜……不，哪怕是圖書室成員裡的任何一個人，一旦做出和 Primula 一樣的事，她應該都不會袒護這個人。

所以，到此為止的部分都只是事前準備。

「是啊。正因為這樣……」

「正因為這樣？」

「我想知道的答案還在前面等著我。」

好了，開始吧。開始真正的……最可怕的對答案。

「我說啊，Primula。」

「……做什麼？」

找麻煩這種事，就是要確定最終的結果才算大功告成。

所以撫子藏起燈飾後也想看到蒲公英為難的模樣，於是躲起來偷看。

也就是說，Primula 也……

「妳故意不吩咐學妹去收拾燈飾，之後應該有跑去看 Cosmos 會長那邊的情形吧？」
「是啊。我在教室做事到一半就溜出去，躲起來想看看她和其他人一起為難的樣子……結果就在這段時間裡，事情就鬧成那樣了……」
果然啊。
「那麼，我再問一個問題。Cosmos 會長為了繚亂祭弄得很忙，所以我想她遇到無法自己行動的情形，就會請人傳話。例如說，請人轉達『麻煩去收拾一些奇怪的地方留下的垃圾』這樣的內容。妳去看情形的時候，Cosmos 會長是不是在跟別人說話？」
「畢竟她很受歡迎，和很多學生說話，不過……聽你這麼一說，在學生會長巡視各班的時候，確實有唯一一個學生剛好在走廊上遇到，被她拜託去做事情……是怎麼說來著？噢，對了，她先說了一句：『我想把這件事交給我最信任的妳……』然後才說出來…………說出要轉達給葵花的話。」
「Cosmos 是拜託誰傳話？」
「花……花灑……難道說……」
看樣子，翌檜也得出了跟我一樣的答案。
沒錯。這裡就是最後的終點——其實我早就知道了。
知道 Pansy 所說的「非得有人犧牲」、「還無法做出覺悟」這幾句話的意思。
因為她無法決定，無法決定要說出多少真相。

最重要的是，她不想把我們……尤其是不想把某個人物牽連進這個太大的問題。

然而，一旦 Pansy 的事被這個人發現，這個人一定會查出真相。

正因為這樣，Pansy 才會對我們也隱瞞真相，一直袒護這個人。

「當然就是她啦。就是我們班的人，只跟你們幾個很要好的……三色院菫子啊。」

Pansy 將指示轉達給葵花……然而在她之前，還有另一個人。

有個人吩咐 Pansy，要她去吩咐葵花收拾。

如果可以，真希望不是這樣，真希望是我弄錯。

可是，我得出的答案就是猜中了……

「原、原來是這樣啊……所以才會連 Pansy 都束手無策。她沒辦法對我們說出真相，因為，製造出讓燈飾破損原因的……」

翌檜動著顫抖的嘴脣，勉強交織出話語。

她對於該不該說有了一瞬間的遲疑，但接著咬緊下脣，然後——

「就是 Cosmos 會長吧……」

她小聲說出了這個名字。

# 我被賦予的選擇

首先就針對我們得出的答案，照順序說明吧。

畢竟牽扯到的人有點多，很多事情都錯綜複雜，不過……還是請各位忍耐著聽完。

牽扯到這次事件的人物非常多。

畢竟……從某個角度來看，所有就讀西木蔦高中的學生都牽扯在內啊……

事情的開端，是一名少女的牢騷。

早乙女櫻從以前就經常因為違反社團活動時間等輕度違規行為，遭到學生會長秋野櫻警告。如果從誰對誰錯的觀點來看，相信幾乎所有人都會說 Cosmos 對……但理解和服氣是兩碼子事。

Primula 不服氣，對 Cosmos 抱持敵意，和朋友憑空捏造出 Cosmos 的缺點，大發牢騷。

結果，這些牢騷被其他學生聽見，加油添醋傳開的結果，讓「Cosmos 用家裡的錢做出卑鄙的行為」這樣的流言在校內蔓延。

Primula 並未察覺流言是由她自己所發，受到了流言影響，為了發洩過去的鬱悶……也為了消解其他對 Cosmos 懷恨在心的學生的不滿，他們以接近私刑的方式特意不交代學妹，蓄意讓原本應該由壘球隊收拾的燈飾弄得無人收拾。

接著，蒲田公英發現燈飾沒有人收拾，於是打算自己收拾而裝進袋中。但她收拾到一半，被棒球隊的芝叫去，於是一度離開現場。

而赤井撫子從以前就對在棒球隊裡自由奔放的蒲公英十分惱怒。她認為如果蒲公英被人添了麻煩，就會反省自己過去的行動。於是她趁著蒲公英暫時離開現場，將裝著燈飾的袋子藏到游泳池附近的花圃。

後來，Cosmos 在巡視校內時，發現了藏在游泳池附近花圃的這個裝燈飾的袋子，誤以為是垃圾。

但 Cosmos 為了繚亂祭而十分忙碌，實在沒有空親自處理。

於是 Cosmos 找上在巡視校內過程中湊巧遇見的三色院董子傳話，對她說：『可以請妳去跟日向葵說一聲嗎？說如果網球隊活動的空檔有人有空，請去收拾一下垃圾。』

Pansy 照著她的委託，將這句話轉達給葵花。

最後，葵花前往游泳池附近的花圃，並未察覺裝在袋子裡的是燈飾就拿去扔掉，導致燈飾破損。

燈飾破損，導致過去每年必定舉辦的傳統節目燈花典禮難以開辦，演變成甚至連繚亂祭都難保不會停辦的事態。

——以上就是這次鬧出的事情背後的真相。

……一切都是巧合。每個人的企圖都往意料之外的方向進行……結果製造出了沒有任何人期望發生的最壞情形，這麼說應該沒有問題。

這次的事情最棘手的點，就在於不存在明確的「惡」。

當然，也有些人做出了有問題的行動。

然而若要問是否所有責任都在這個人身上，又並非如此。

最難辦的是至今仍在校內蔓延的「流言」。

就是這僅僅１％的猜疑在校內傳開，引發了這樣的大事。

而且更因為「流言」的影響力，哪怕實情並非如此，仍成了假「反派」的，就是我的兒時玩伴葵花。

當然，葵花為了保護Pansy與Cosmos，堅稱是「自己所為」也是重大要因之一，但讓狀況惡化到這個地步的仍是「流言」。

流言陸續被加油添醋，讓現在的葵花處在最壞的情形。

——言歸正傳，這起事件也差不多要漸入佳境。

我知道所有真相後所採取的行動。

以及這所有行動的結果……就是我失去了和某個人之間的情誼。

這個人是誰……看下去就會知道，所以還請各位再陪我一陣子。

*

「請……進……」

我一敲門，就聽見一個溫和平靜……卻又虛弱的聲音。

我很想聽……卻又很不想聽……

「「打擾了。」」

我們懷著這種五味雜陳的心情，打開學生會的門一看——

「嗨……嗨……這不是花灑同學和翌檜同學嗎？」

看見裡面有學生會長Cosmos，以及包括山葵學長在內的幾名學生會幹部。

「怎麼了嗎？」

她臉頰瘦削，有著黑眼圈，笑容精疲力盡。虧她長得一張漂亮的臉蛋，全都糟蹋了。

想來也是……我們在查各種事情的時候，Cosmos比我們更辛苦。

燈飾破損；繚亂祭不知道能否舉辦；還得應付學生和老師。

就算是超級學生會長，總是有其極限。

「請問，妳還好嗎？妳看起來很累……」

「哈哈……還好啦……畢竟還有很多很多事情要做，我可不能這樣就喊累。」

為什麼我在Cosmos這麼辛苦的時候沒能陪著她……

「所以，你們兩個怎麼了嗎？」

「呃，那個啊……！花……花灑……！」

站在身旁的翌檜沒辦法回答 Cosmos 的提問，用求救般的眼神看著我。

過去無論對上任何人都會單刀直入問個明白的翌檜都變成這樣了。

可是，她的心情……我很能體會。

畢竟……

「Cosmos 會長，繚亂祭是否舉辦，情勢怎麼樣了？」

我也是一樣的心情。

所以我只能先避開正題，用這種半吊子的方式問。

「這個嘛，既然燈飾破損，照現況是無法舉辦。所以，教職員方面的意見是想停辦，但我盡量去交涉……現在談出了延期這個妥協點。」

「延期，是嗎？」

「嗯，過去在有大雨預報的時候也採取過同樣的因應措施，這次我們將不照原訂日期舉辦，而是延後一段期間。雖然起初他們對此都沒有什麼好臉色，但由於有前例可循，以及預想到會有這種情形而事先設有預備日，所以算是得救了。」

預備日？……竟然連這種措施都準備好了，真的是……有一套啊。

「……只是，如果到了預備日還是沒能準備好燈飾，到時候繚亂祭就真的會停辦……不過我是打算在那之前就要想辦法籌措出來！」

這是什麼話啊……

之前妳已經是一路辛苦過來，為什麼又要一個人背起這些辛苦的責任呢？

「我說 Cosmos 會長，這件事，我們也來幫忙……」

「不用的，因為這是我身為學生會長該做的事。」

身為學生會長，是嗎？這是 Cosmos 常說的台詞之一。

「由秋野來籌措……嗎？的確，憑妳也許真的辦得到……啊。」

山葵學長坐在離 Cosmos 稍遠的位置，露出淡淡的笑容這麼說。

「嗯，我當然會想辦法…………雖然是有點困難。」

她回答山葵學長時，忍不住吐露了真心話。

我說啊，Cosmos，妳其實已經累了吧？希望有人幫妳吧？

為什麼就是不肯老實說出來……傻瓜。

「請問一下，Cosmos 會長，這次的事情，讓妳覺得最辛苦的是什麼呢？」

似乎是為了回答我的提問，Cosmos 以無力的動作翻開愛用的粉紅色筆記本。

「我想想。最大的難關，應該還是如何擠出預算吧。只要有預算，就可以重買新的燈飾。只是，無論如何削減預算，都達不到需要的金額。」

「……那個，校方有可能追加預算嗎？」

「沒辦法…………校方也試著擠出費用來，但說是考慮到還得兼顧其他活動，說什麼也擠不出來……現在他們似乎也還在評估……但多半很難吧。」

畢竟學校活動不是只有繚亂祭……

也就是說，不會有追加預算，只能我們自己想辦法了吧？

「要照這原訂日期舉辦的方法，說有也是有……」

「有方法？到底要怎麼做……」

「只要把各班級和社團要擺的攤位停掉一半左右，就辦得到。也就是把透過這種削減省下的租借費與器材相關預算，全都挪去買燈飾。」

「這……這實在……！」

「我知道，這種事情當然不可能去做。大家都那麼期待繚亂祭，卻要讓一半的學生不能做想做的事，這實在太離譜了……所以，會有點困難。」

她說完的同時，將筆記本合上。

大概是因為學生會裡太安靜了……這聲音好響亮……

「不過，我會想辦法的！因為一旦繚亂祭停辦，葵花同學就會很難過！我不能就這樣放任她一個人當壞人！」

她強而有力的聲音確切說出了我們最害怕的一句話。

「「…………」」

不出我所料……Cosmos 不知道……她沒發現啊……

沒發現自己拜託 Pansy 傳話的這件事成了弄壞燈飾的起因。

就是說啊。Cosmos 知道的消息，就只有「葵花誤把燈飾當成垃圾丟掉」。她沒有得到更精確的「裝在游泳池附近花圃的袋子裡」這個消息。
知道這個事實的就只有我、翌檜、Pansy……以及葵花。
那傢伙想自己背起這一切來保護 Pansy 與 Cosmos。
而 Pansy 也正因為懂得葵花的這種心意，自己又很重視 Cosmos，才不知道該如何是好……才會束手無策。
「對了，你們兩個來就只是為了這件事嗎？……不好意思，接下來我們學生會要討論明天早上的臨時全校集會。那個，沒有太多時間跟你們說話……」
「全校集會，是嗎？」
「總不能就這麼在不知道繚亂祭會不會舉辦的情形下，繼續要大家準備吧？所以我們決定設這麼一個場合，把繚亂祭延期的方針告訴學生們。決定召開臨時集會的交涉倒是相對簡單地完成，讓我們省了不少事。」
不妙……這下事情可棘手了。
「花灑，如果是這樣，我們剩下的時間……」
「嗯，我知道……」
明天的全校集會……這就是一切的最後時限。
現在疲憊已極的 Cosmos，哪怕延期也無法在短短的時間內找到能擠出預算的方法……實質等於停辦。

也就是說，一旦全校集會就這麼召開…………葵花就再也不會得救。

「時間？花灑你們是想做什麼呢？」

糟糕，我本來以為她沒聽見，沒想到聽見了？

「沒、沒有！不是什麼大不了的事！所以，請不要在意！」

「就是啊！花灑說得沒錯！」

「呵呵。聽你這麼一說，反而就更在意了啊。你們是想做——」

「秋野，妳有空繼續閒聊……嗎？」

「啊，我都忘了……」

好險……多虧山葵學長插嘴。

「那麼，花灑同學，翌檜同學，對不起，沒什麼好消息給你們。下次，等各種事情都穩定下來，我們圖書室見……當然了，到時候葵花同學也要一起。」

「好的……說得，也是……」

Cosmos 儘管筋疲力盡，說話聲調中仍蘊含著堅定的決心。

我和翌檜聽著她說這幾句話，離開了學生會室……

「怎麼辦……真沒想到事情竟然會弄成這樣……」

走廊上，走在我身旁的翌檜說出了喪氣話。

追查這次事件的過程中，她一直很強勢，但這狀況想必讓她也難以承受吧。

「我是校刊社的，正因為這樣，我一直認為自己有義務把真相告訴全校師生。可是，即使說出這個真相……」

也沒有任何人會因此幸福，就只會平白增加大家的氣惱。

「花灑……那個，不好意思，用這種像是把責任推給你的方式問，你是怎麼想的？」

「這個嘛……」

我們現在被賦予的選擇有三個。

不把真相告訴任何人，迎來明天的全校集會，犧牲葵花的方法。

說出不上不下的真相，迎來明天的全校集會，犧牲 Pansy 的方法。

說出所有真相，迎來明天的全校集會，犧牲 Cosmos 的方法。

講來理所當然，這些全都「因此，駁回」。理由根本用不著解釋。

可是，這終究只是理想論。

如果我非得從這裡面選擇一種……

「也許還是坦白說出一切比較好啊……」

我知道這是只顧自己的正義感，可是，真相不就應該說出來嗎？

這樣一想……

「花灑！這樣……！Co……Cosmos 會長會……」

「我知道。所以事情如果發展成那樣，我絕對不會離開 Cosmos 會長身邊。無論她如何想跟我們拉開距離，我都絕對不離開。這樣希望多少可以——」

「你們在說什麼……事？」

嗯？這個說話聲是……

「山葵學長，你怎麼會在這裡？你們不是要討論全校集會……」

「我跟他們分頭行……動。因為我想先把器材的事情重新調查清……楚。」

山葵學長拿著一個塞得格外厚實的資料夾，露出扭曲的笑容。

「那麼，你怎麼會在這裡？」

「呵……因為有些事情想告訴你……們。」

那是一種充滿自信與確信的剽悍的笑容。

學校都陷入了這麼糟糕的狀況，卻只有他看起來始終老神在在。

「有事要告訴我們？」

「因為你們似乎很掛念秋……野。我就想到，把秋野沒說出來的關於她的現狀，先跟你們說清……楚。」

「Cosmos 會長的現狀？」

這是指什麼情形啦？剛才聽到的還不是全部嗎？

「如果先說結果，狀況就是她只差一步就會完……蛋。如果，狀況繼續惡化……秋野推薦上醫學院的事就會取……消。」

「啥……啥啊！為什麼會變成這樣！」

繚亂祭和Cosmos的推薦明明是兩碼子事吧！

畢竟前不久Cosmos才開開心心地提起這件事耶，說自己應該可以推薦上醫學院，還說所以以後也能繼續待在圖書室！

「一個學生會長解決不了校內的重大問……題。這當然會讓大學方面的印象不……好。立志朝醫師這種拯救人命的立場邁進的人，連東西都管理不好，根本免談……吧？」

「就算這樣……」

Cosmos高中三年來的這些努力。

只因為一次事件，她就要失去這三年來努力爭取到的權利嗎？

「為什麼只拿這次的事情來判斷？她可是Cosmos會長耶！過去一直維持全學年第一名的成績，個性也有夠好，有夠體貼……」

「大學方面並不像你這麼了解秋……櫻。終究只有看文件，還有短短的面……試。只透過這些就要了解一切，才是強人所難……吧？」

「這……！話也許是這麼說沒錯……」

「當然，她自己應該也不想弄成那樣，所以現在拚命行……動——說是這麼說，但那也只是順便，她的真心應該就只是想幫助朋友……吧。」

我知道，Cosmos 就是這樣的傢伙。

比起自己，更優先照顧別人……現在她也拚命想救葵花……我就非得把真相全都說出來，犧牲這樣的傢伙嗎？

而且一旦在這個節骨眼公開 Cosmos 的真相，那麼不只繚亂祭，連推薦入學也會……

「那麼，我差不多要走……了。因為不只是各社團，各班我也得去確認清楚……啊。你們也一樣，如果有什麼事，不要找秋野，跟我聯……絡。」

「啊，好的，我知道了……」

山葵學長最後跟我們交代了幾句，就寶貝地捧著厚實的資料夾，一步步走遠了。

「花灑，Cosmos 會長的推薦會被取消……這實在……」

翌檜發出像是隨時都會哭出來的聲音。

我不經意地拿出手機看看時間，現在是十八點。

本來再過三十分鐘就到最終離校時間，但所幸現在是繚亂祭準備期間。

多虧 Cosmos 把最終離校時間延長到二十點，我們還能夠行動。

既然這樣，就看我如何把能做的事情做到最後一刻為止。

這一天真是很漫長啊……

＊

我們離開學生會之後，途中去了一些地方，然後回到自己班上。

往教室一看……太好了，還好妳在……葵花。

「……嘿咻……」

光是看著她默默待在教室角落做事的模樣，就覺得胸口很痛。

直到現在，葵花真的都很努力啊……

「……葵、葵花，可以跟妳講幾句話嗎？」

我還沉浸在感慨當中，翌檜已經有了行動。

她緊緊握住愛用的紅筆，以顫抖的嗓音叫她的名字。

想必她的表情舉止當中灌注了「請妳不要跑掉」的期盼。

「……！什……什麼事？我有事情要忙……」

「已經不用了。不用再自己一個人做了。」

「不……不可以！我不能給大家——」

「是 Pansy 和 Cosmos 會長……沒錯吧？」

「……！翌……翌檜……」

這句話證明我們已經查到了真相。

當翌檜說出這句話的同時，葵花瞪大了眼睛。
她的表情很複雜，既像是擺脫了先前一個人藏在心裡的事物而放心，卻又有著被人得知的絕望。
「不……不是的！全都是我不好！只要我好好檢查過……」
「這句話對其他每個人都說得通。所以，請妳不要再自己一個人扛起來了。」
翌檜說得沒錯。這次的事情，只要有任何一個人仔細檢查過就好了。
所以，這絕對不是葵花一個人的疏忽。
那麼……我也想和葵花說話，但在這之前……
「我說啊，有不和同學，部江田同學。」
得先問過我們班的繚亂祭執行委員。
「怎麼啦，花灑？已經調查完畢了嗎？」
不像平常那樣模仿川平主播也充分表現出有不和同學的心境。
想必是很擔心葵花吧。
「還好，有一定的進展……然後啊，接下來的事情不方便傳出去，所以希望你們盡可能保密——」
接下來，我對他們兩人說明了情形。說明再這樣下去，繚亂祭將會走向以延期為名的停辦。

要防止這種情形，就得想辦法擠出足以弄到燈飾的預算。
只是，Cosmos 會長找不出方法，陷入苦戰。
以及除了關於燈飾破損的真相，所有有關繚亂祭的事情。
「原來事情弄成這樣了嗎……」
「對。然後，雖然我不是要拿告訴你們這個情報當交換條件，但我可以帶葵花離開工作崗位一會兒嗎？因為她似乎一直掛念著燈飾的事情。」
「那當然！畢竟憑我們沒辦法讓葵花打起精神啊！這種時候，就讓我們依靠兒時玩伴的力量吧！」
……謝啦，有不和同學。謝謝你一直容許我的任性。
「花灑、花灑，倒是剛才的事情，不能跟我們社團……跟足球隊的隊員說嗎？因為他們也很努力在準備……」
「啊～～……跟他們說是無所謂，但就像我剛才說的，也要請他們……」
「那當然，我會叫他們保密，你放心吧！」
聽到這句話，我鬆了一口氣。
「那就沒問題。」
「謝啦！多虧你了！」
「哪裡，我才多虧了你讓我們可以自由行動。那我要走啦。」

好了，這下就得到可以跟葵花說話的時間了。
那麼，我也去找葵花吧。
上一次說話是今天的午休時間剛結束。可是，我卻覺得好像已經很久沒跟她說話了。
因為平常都是從一大早就在一起啊……
「……花灑～～……」
葵花眼眶含淚，再也忍不住似的呼喚我的名字。
我有很多話想說，也有事情想告訴她……但是，第一句話該怎麼說呢？
正常開口總覺得不夠花心思。
啊，對了，既然這樣……
「『早啊，葵花』。」
我說完，「在葵花背上輕輕一拍」。
「……！花灑……花灑～～……」
大滴的眼淚一滴滴從葵花的雙眼溢出。
妳真是個了不起的傢伙啊。
「真是的，我可辛苦了。因為妳什麼都不肯說啊。」
「為什麼……你為什麼知道了？為什麼相信我？」
「以前……我們國小時那次貼紙竊案，妳還記得嗎？」

「唔？貼紙竊案？」
「那次她不就被懷疑是犯人，被大家說了很多難聽的話嗎？那個時候，我就什麼事都做不到……可是，妳不一樣。即使她累了，說『是我偷的』，妳還是一直相信她，最後事情就解決了，不是嗎？」
「啊……嗯，嗯……」
所以，我一直很崇拜妳，一直想幫助妳。
我也一樣，哪怕連葵花自己都說事情是自己做的，我也想相信她到最後。
「就和那個時候的葵花一樣。因為我的兒時玩伴雖然有點傻氣，但不會沒有理由就做出奇怪的事情，這點我這個兒時玩伴比誰都清楚。」
「嗚……嗚嗚嗚嗚……！花灑，謝謝你……」
葵花不像平常那樣粗魯地撲向我，而是有點客氣卻又強而有力地用拇指與食指捏住我的制服下襬。
這種感覺和平常不一樣，但莫名地比平常開心多了。
「眼前就先別做這些工作了……我們說說話吧。」
「啊，可是，我還有網球隊那邊……」
「那邊不用擔心。我剛剛才跟網球隊的隊長講過幾句話，結果對方說今天葵花可以不用去幫忙網球隊的工作。」

因為我也把跟有不和同學他們說過的事對網球隊隊長說了啊。

「咦，可是，我……」

「細節我晚點再跟妳解釋啦……那麼，翌檜，葵花可以交給妳嗎？我還要去把另一個人也找來。」

「好的！包在我身上！那麼葵花，我們一起收拾吧！來，快點快點！」

翌檜發出雀躍的聲音，但顯然是強顏歡笑。

畢竟我們所處的狀況還無法說是能夠解決這件事。

反而仍然處在絕望的狀況……只是即使如此，總算能和葵花一起相處。這是令人開心的事實，相信只有這個事實是不會變的。

正因為這樣，翌檜才笑了……真的很謝謝妳今天陪了我一整天。

雖然還很辛苦，不過接下來也要多仰仗妳了。

*

「……啊，是花灑……啊。」

「嗨，小柊，還有……Pansy。」

我們離開自己班上之後，去的地方當然是 Pansy 的班級。

在這裡，我們把先前對有不和同學與部江田同學說過的話，也告訴了這個班的繚亂祭執行委員……以及很在意這件事的Primula，同樣得到了和Pansy說話的時間。

只是，若要說有什麼小小的問題……

「不……不可以過來這邊！不准你們欺負Pansy！」

就是小柊的這種態度。

看來她自己是想盡力保護Pansy，雖然膽怯，語氣仍然進入了「就算是逞強也非努力不可」模式。

這讓我窩心之餘……也有些為難。

「我不是來欺負Pansy的，妳放心吧。我就只是有幾句話要跟她說。」

「既……既然這樣，就先把汝要說的事情告訴吾！吾先斟酌個一年左右，然後跟小椿商量完再決定！」

不但期間很長，還丟給小椿處理喔？

「我想跟她談，是為了讓大家能好好相處。所以小柊，可以讓我和Pansy談談嗎？」

「大……大家好好相處？是……是真的嗎？大家真的可以好好相處嗎？」

啊，她口氣變回來了。不過，似乎還在猶豫。

只見她仍然維持害怕的模樣，視線頻頻來回瞥向我和Pansy。

「……知道了……如果大家可以好好相處……那樣比較好……」

「謝啦。小柊果然很靠得住。」

「我靠不住……Pansy 還是那麼難過……」

小柊，沒有這回事。妳已經提供很足夠的依靠了。

因為光是妳願意陪在身邊，Pansy 絕對很高興。

……那麼，既然小柊也准了，這次就跟 Pansy 說話吧。

「………你們已經，知道內情了吧……」

我們對看一眼，Pansy 就發出平淡中又帶著失望的聲音。

她的聲音像是有所猶豫，不知道對於我查出真相這件事應該開心，還是嘆息。

「算是吧。而且在走出圖書室的時候，我就隱約猜到了。」

「我想也是……翌檜的演技也還得再學學。」

「……妳早就看出來啦？看出翌檜是故意生氣——」

「真正情緒爆發的時候，說話口氣就會變，這才是翌檜吧？」

原來如此。翌檜沒講津輕腔，所以妳就看出她是在演戲……

不管多麼為難，妳還是一樣敏銳啊。

「那我就單刀直入說了，我要妳馬上跟我一起，再去圖書室一趟……因為葵花和翌檜在那裡等妳。」

「咿！翌……翌檜也在？」

嗯？本以為是Pansy會有反應，結果是小柊全身一震。

到底是為什麼……

「我不要Pansy又被罵！今天的翌檜好可怕好可怕，不可以去！」

啊啊，原來啊。翌檜是假裝生氣這件事，Pansy固然察覺了，但小柊沒察覺……

「啊～～小柊，如果可以，我希望妳也一起來……」

畢竟Pansy和翌檜的爭執中，最大的受害者其實是受到牽連的小柊。

翌檜就說想好好跟她道歉啊。

「我……我有要和Pansy在這裡度過餘生這件重要的事情要做！」

妳的餘生會在離校時間到的同時結束，這樣好嗎？

「小柊，我要去圖書室，因為花灑同學邀了我。」

得到Pansy答應了。好，這樣事前準備就完成啦……

再來就看接下來大家的商議是否能夠順利……但這是賭注。

「嗚！嗚嗚嗚……知道了……那我也一起去！我不能放Pansy一個人！」

小柊儘管害怕，但想由自己保護Pansy的心情大概並未動搖。

之前她在擺攤彩排的時候立刻拔腿就跑，這次竟然都不逃避。

小柊這種重大的長進讓我格外欣慰。

「如……如果有什麼萬一，我會卯足全力保護Pansy，所以請妳放心！我有好好準備妙計！」

真的，跟前不久比起來，實在好棒——

「所以，首先我要召喚小椿！這樣一來，有什麼事情就可以請她幫忙處理！我好害怕，所以負責確保安全的逃走路線和加油吶喊！」

雖然也是有著許多看不到長進的部分啦……

這女的不管是在緊要關頭，或者不是緊要關頭，總是想靠小椿幫忙。這種差勁的心態有沒有辦法改一改啊……

*

時間是十八點三十分。

我帶著 Pansy 和小柊前往圖書室，就看到葵花與翌檜坐在閱覽區，盯著我們看。

可是，這是怎麼了？總覺得她們兩個都用很擔心的表情看著我……嗯？

那是——

「嗨，我等你們很久了，花灑同學、Pansy 同學、小柊同學。」

「Cosmos……會長……」

我喊出這個在場人物的名字，同時用力吞了口水。

她臉頰瘦削，有著黑眼圈……到這裡都和在學生會室見到的時候一樣，但接下來的部分不一樣。

她的眼中燃燒著強烈的怒氣，以強而有力的眼神看著我們……

「我作夢也沒想到，剛才的『我們圖書室見，葵花同學也要一起』這個約定，這麼快就能夠實現……」

Cosmos 的模樣和平常待在圖書室時不一樣。

她可怕得讓人不由得想拔腿就跑，但總不能真的跑掉。

「總之，你們三個要不要都坐下？」

我們被 Cosmos 不容分說的氣魄震懾住，乖乖聽話坐下。

閱覽區瀰漫著緊繃的氣氛。

彷彿這些氣息都是從 Cosmos 全身溢出的。

「那麼，我們開始談吧。」

Cosmos 確定我們都坐下後，在桌上攤開愛用的筆記本。

「請……請問……Cosmos 會長，妳不是有全校集會的會議要開嗎……」

「就在前不久，翌檜同學也問過我同樣的問題……不過也好……這沒什麼，答案很簡單，會議已經結束了。因為本來就只是討論明天要對學生們公開什麼樣的情報，以及公開的步驟。這個議題花不了太多時間。」

「話也許是這麼說沒錯啦，可是，為什麼要特地來圖書室？Cosmos 會長妳不是為了繚亂祭很忙嗎——」

「就是在這繚亂祭的事情上發現了重大的事實，所以我很想和你們……尤其想和葵花同學還有 Pansy 同學談談。」

「…………！」

果然是這樣。為了繚亂祭忙得要命的 Cosmos 會出現在圖書室的理由，就只有一個。

想來……Cosmos 已經知道了……知道了一切的真相。

「花灑……」

翌檜以擔心的眼神看著我。

坐在她身邊的葵花表情像是隨時都會哭出來。

我極力擠出笑容，對她們兩人點了點頭……儘管這當然是虛張聲勢。

「這……這是為什麼呢，Cosmos 會長？因為妳不是一直很忙嗎？應該根本沒有時間去查燈飾的事情……」

「翌檜同學，妳和花灑離開學生會之後，是不是和別人見過面？例如說，所處立場跟我很近的其他學生會幹部。」

是山葵學長嗎……也是啦，不可能會是別人了。

「他給了我建議，說花灑同學和翌檜同學有重要的事情瞞著我。所以，我就去查了，調查燈飾這件事的詳細情形。真是的……一個人查起來可費事了……可是，我查到了真相……多虧了Primula。」

「是Primula？」

「她對我道歉了，說『上週五本來應該由壘球隊收拾燈飾，但我特意沒交代下去。對不起』。」

Primula後來好好去對Cosmos道歉了嗎？

這就表示，接下來……

「花灑同學和翌檜同學有事情隱瞞我，Primula同學道歉……我有種奇怪的預感，所以就跟Primula同學問個清楚。結果啊，她就告訴我很多事情……例如說，一年級的赤井撫子同學有過的行動。」

「……是這麼回事嗎？」

「……是這麼回事啊。」

Cosmos有複誦別人說的話來回答的習慣。然而，她說這句話的聲調裡沒有平常的平靜與溫和，而是以日本刀似的鋒銳斬向我。

撫子把燈飾藏到游泳池附近的花圃……只要知道這個情報，多半就夠了吧。

畢竟最先發現這件事的不是別人……就是Cosmos自己……

「…………原來是我啊。造成燈飾破損，逼得繚亂祭只差一步就要停辦的人…………真的很對不起，葵花同學，Pansy 同學。」
Cosmos 深深低頭，說出懺悔的話語。
本以為自己站在保護別人的立場，其實卻是站在受保護的那一邊。
這種情形對當事人而言一定糟透了吧……
「那個，Cosmos 學姊！是我不好！是我應該好好弄清楚裡面裝了什麼！所以，這不是 Cosmos 學姊的錯！」
「不是的，葵花，是我不好。我不應該只把話轉達給妳，應該跟妳一起去。可是，我沒這麼做，所以——」
「妳們兩個都安靜！」
「「…………！」」
Cosmos 強烈的呼喊，讓葵花和 Pansy 都不說話了。
朝她愛用的筆記本看去，可以看見幾滴水滴。
這水滴是什麼……已經不必多說。
「是……是我！都是我不好！我因為自己忙，就只吩咐下去，對自己該做的事情馬虎了！我始終認為應該重視規則，這種行動的結果，造成有學生不滿！……就是這些情形，搞出了這樣的結果！」
才不是……Cosmos，妳最嚴重的問題不是這些。

是什麼都想自己一個人扛起來……

「我要跟你們談的正題是這個。因為我下了錯誤的指示，造成燈飾破損……所以，責任由我來負，你們什麼都不用擔心。」

「妳說負責任……Cosmos 會長，妳到底打算怎麼……」

「那還用說？翌檜同學，我要在明天的全校集會把真相全都告訴學生們。」

「這！不……不可以！一旦做出這種事──」

「這不像妳啊，翌檜同學。校刊社不是為了把真相告訴學生而活動嗎？我只是要做一樣的事情。」

「這……是這樣沒錯……是這樣沒有錯，可是妳的狀況不一樣吧！妳明白嗎！要是問題鬧得更大，不只是繚亂祭可能停辦……妳……妳大學推薦入學的事情也會被取消！」

「事情會變成那樣……？」

這大概是連 Pansy 也不知道的事實吧。

我第一次聽見 Pansy 這麼絕望的聲音……

「這點不用擔心，只要好好念書，在常規入學考及格就好了。所幸學生會在繚亂祭結束之後就要改選，接下來……我就多得是時間了。」

這番話的意思，在場的每個人都聽得懂。

Cosmos 是想採取和葵花一樣的手段。

覺得弄壞燈飾的自己在會造成圖書室的名聲受損。
如果這樣造成使用者減少，第一學期的問題就會復發。
所以，她將不再來圖書室……
「……不行。不行啦！Cosmos 學姊，不可以說出來！」
葵花似乎再也忍不住，眼眶含淚地呼喊。然後……
「是啊，Cosmos 會長沒有必要說出真相。」
Pansy 立刻接著說。
然而，接下來才是問題。反對 Cosmos 說出真相這一點，葵花和 Pansy 一樣。但接下來就不一樣。
「如果明天要開全校集會，那正好。請給我發言時間，讓我告訴大家是因為我吩咐葵花去收拾，才會造成燈飾破損。」
Pansy 的目的果然是這樣。她就是為了這麼做，才會之前什麼都不說。
因為一旦自己說出真相，Cosmos 也就會查出真相。
……所以她打算隱瞞到最後關頭，直到最後那一刻才說出來。
然而，這個方法……
「Pansy 也不可以這樣！說成我的錯才是最好的！」
當然，葵花不可能容許。

「不可以，葵花。妳明年也要在網球隊活動吧？就當作是為了讓妳能繼續打妳最愛的網球，也不能讓現在這種狀況維持下去。Cosmos 學姊也有推薦上醫學院的事……可是，我沒什麼。就算被其他人討厭……也只是回到前陣子的情形。」

「妳們兩個，可不可以適可而止？我都說責任由我來負了，這樣不就好了？從說出一切真相的觀點來看，也是我的行動才最正確。」

不妙啊……這個狀況……

「這再怎麼對都還是不對啊！Cosmos 學姊死腦筋！」

「……這！說……說我死腦筋？……要……要這麼說的話，葵花同學不也是擅自認定自己錯，做出幼稚的行動嗎！」

「才沒有！我已經不是小孩子了。」

「……不管葵花還是 Cosmos 學姊，都是小孩子。」

「Pansy 同學！」「Pansy！」

不知不覺間，三人都站了起來，強烈地互瞪。

不妙……我是想過這三個人在這種狀況下到齊就會發生一些事情，但我沒料到事態會發展到這地步。

「以前我就一直覺得 Cosmos 學姊和葵花都太感情用事。妳們是不是應該學著讓自己有更冷靜看待事物的視野？」

「Pansy 同學，這句話我要原封不動還給妳。妳才是感情用事，想自己一個人把責任都扛起來吧？」

「……妳說什麼？」

「Cosmos 學姊和 Pansy 都囉唆！妳們講這些腦筋好的人講的話，我也聽不懂！因為我就是笨……我就是笨！所以說成是我的錯就好！」

再這樣下去，不用到繚亂祭，她們三個人的情誼就會瓦解。

我得想辦法阻止才行……！

「喂，妳們幾個，先冷靜下來。我……我們先好好討論。我就是為了這個……」

「花灑同學不要插嘴，你和這個問題無關。」

「唔！」

糟糕……雖然我早就知道，但 Pansy 也相當衝動。

坦白說，我都牽連到這地步，怎麼可能跟我無關？但就算我這麼說，她們也肯定聽不進去吧。

怎麼辦？這個爭吵不會有結論。

因為她們三個都完全沒有讓步的打算。

「花、花灑……！」

翌檜以焦躁的視線看向我。

……還是非得決定不可嗎？

不把真相告訴任何人，迎來明天的全校集會，犧牲葵花的方法。

說出不上不下的真相，迎來明天的全校集會，犧牲 Pansy 的方法。

說出所有真相，迎來明天的全校集會，犧牲 Cosmos 的方法。

我非得走向從這些方法選擇其一的結論不可嗎？

「妳、妳、妳…………」

這個時候，某個一直維持靜觀的人開始全身發抖。

她的動作像是在強忍，也像是在害怕。

接著……

「妳們適可而止啦啊啊啊啊啊啊啊啊啊啊啊！」

小柊站起來大喊。

「「「……！」」」

多半是作夢也沒想到小柊竟然會做出這種事吧。

三人都不由得啞口無言，看著小柊。

「呼～～！呼～～！吾和小椿也會吵架，可是都會好好聽對方說什麼！可是，妳們三個都不聽別人講話！不可以開口閉口都是自己，覺得只有自己是對的！有很多都是對的！所以要選哪個對的，得好好討論才行，可是……為什麼妳們就是沒辦法好好討論！」

小柊發出強而有力的痛哭。一種像是要把先前的鬱悶一掃而空的呼喊。

小柊，妳好厲害……我沒想到妳竟然會說出這麼有道理的話。

只是…………為什麼妳是背對著我們大喊？

「受不了！今天真的好糟！大家都只顧著吵架！不可以一直都在吵架！這樣一點都不開心！」

小柊繼續說著憤怒的話語…………背對著我們說。

如果從她面前看去，她臉上的表情大概很糟吧。

她內心多半怕得要命吧～

「好了！妳們三個都坐下！然、然後對吾說，妳們已經不生氣了！然後，吾也坐下！還……還有，花灑盡快去聯絡小椿！小椿一定會保護吾！」

難得妳說到一半都還很像樣，最後還是走向小椿路線啊。

「不，現在去叫小椿也……」

「不用擔心！憑小椿的作風，只要知道吾這個她的好朋友有危機，馬上……大概三秒左右就會趕來！快點！快點快點！」

小椿是有粉紅色的門和四次元的口袋嗎？

不過小柊，我們不必叫小椿來。

因為她們三個……

「對不起，小柊，讓妳難過了……」

「小柊，對不起喔……」

「對不起，小柊同學。」

都已經不生氣了。

「是……是真的嗎？妳們真的不生氣了？」

「是啊。所以，妳也坐下吧。然後，我們一起喝紅茶吧。我現在就去準備。」

「Pansy 泡的紅茶！好開心！我好喜歡好喜歡 Pansy 泡的紅茶～～！」

小柊大概是聽到 Pansy 溫和的說話聲而安心了，恢復平常的說話口氣，滿臉笑容坐到椅子上……雖然什麼問題都還沒能解決，但先前劍拔弩張的氣氛已經消失，這種平靜的氣氛讓我放下心來。

……之後，大家各自喝著 Pansy 泡的紅茶，稍事喘息。

然而，在場的每個人都懂得這是虛假的平靜。

「那個，小柊，這和剛剛說的是兩回事，不過……前不久我在圖書室吼妳，真的很對不起。妳明明沒做錯任何事，我卻讓妳不愉快了吧……」

翌檜在這個稍微穩定下來的時機，有點顧慮地對小柊說話。
相信她本來想更早道歉，但畢竟現在狀況非比尋常。
「沒關係！只要妳變回人很好的翌檜，我就好滿足好滿足了！」
「謝……謝謝妳……小柊好厲害喔……」
「哼哼～多誇我幾句～」
「好的！我會卯足全力誇妳！」
小柊被翌檜摸著頭，開心地微笑。
最關鍵的燈飾這件事並未解決，但至少解決了一個問題，讓我放心多了。
那麼，剩下的就是……
「我還是覺得，應該在明天的全校集會上說出一切。」
Cosmos 慢慢喝下紅茶後，說出這麼一句話。
「可……可是這樣一來，Cosmos 學姊會……！」
「謝謝妳，葵花同學……可是，我要說的跟剛才不一樣……我想這次的問題，無論是我、Pansy 同學，還是葵花同學，都有做不好的地方……所以，要不要我們三個一起在全校集會上道歉？」
是這麼回事嗎……
就這樣挑一個人來當壞人，三人都無法認同。

所以，三個人一起。

既然無法讓大家都走到大團圓結局，就大家一起走上另一條路嗎？

「要做的事情會變多。」

Pansy 以帶著點平靜的聲音這麼說。

「是啊。我的應考、Pansy 同學的圖書室、葵花同學的網球隊。要找回信任多半會很辛苦……可是，我覺得不是辦不到。」

「嗚嗚～～……可是……」

「不用擔心，葵花！我也會幫忙！妳不覺得與其自己一個人努力，大家一起努力比較開心嗎？」

「翌檜……」

翌檜對唯一顯得還不能接受的葵花露出笑容。

「……知道了。我也……我也贊成 Cosmos 學姊！大家一起道歉！」

「謝謝妳，葵花同學。」

Cosmos 就像擺脫了纏身的惡靈，笑容變得溫和而平靜。

就是這個啊……Cosmos 還是最適合這個笑容。

「呵呵。不過，真沒想到我竟然會和妳們吵成那樣……這也是很寶貴的經驗。」

「是啊，Cosmos 學姊。」

「啊哈哈！就是啊！我也嚇了一跳！」

「大……大家又要吵架？不可以！吵架很可怕！」

「不用擔心啦，小柊同學。我們不會再吵了。」

「那我就放心了～～！」

小柊不假思索地接受了 Cosmos 的說法，開懷地笑著喝紅茶。

她本人完全沒發現，但就這件事而言，MVP肯定是她。

真的要多謝妳啦……小柊。

「好了……那我差不多要回學生會去了。因為繚亂祭這邊還有事情必須先做好。」

Cosmos 喝完紅茶，緊緊抱住愛用的筆記本站起。

「那麼葵花！我們也回去吧！接下來我們都要在一起！請妳不要什麼都想自己扛！」

「嗯！一個人好寂寞，我不想再這樣了！我也想和翌檜在一起！」

接著站起的是翌檜與葵花。兩人和樂融融，面帶笑容邁出腳步。

「Pansy！我一個人會怕，不敢回教室！」

「小柊，不用怕，我會陪妳一起，所以不用擔心。」

「太棒啦！我好開心好開心～～！」

小柊真的是緊緊黏著 Pansy 不放啊。

只是，Pansy 對此並沒有厭惡的跡象，反而顯得有些開心。

畢竟之前她在班上一直都沒有朋友。

對 Pansy 而言，小柊多半已經變成很重要的朋友了。

那麼，所有人都起身離開了，我也差不多該展開行動了。

……明天有全校集會。

Cosmos、Pansy 與葵花要在全校學生面前道歉。

然而，無論她們如何誠心誠意地道歉，都未必能夠得到原諒。

……可是，不會有事的。我們過去也是無論遇到多大的麻煩，都一路克服過來了。

如果沒有路能讓大家都得救，那就選擇大家一起犧牲的路。

既然妳們要這樣，我也完全不會有意見，當然會奉陪到底。

我們不必硬要走到完美的大團圓結局。

就讓我們一起克服吧，Cosmos、葵花、Pansy……

——各位以為我真的會講這種話嗎啊啊啊啊啊啊啊！

哪有可能！三個人一起道歉？大家一起克服？

我怎麼可能容許這種結局發生！

我追求的目標只有一個！那就是對我最有利的結局！

所以無論要動用什麼樣的手段，「唯有」這幾個跟我有交流的傢伙，我一定要想辦法！

剩下的人我才不管！

而且啊！怎麼想都覺得這次的事情，最不應該的明明就是 Primula 和撫子吧！

尤其是 Primula ！就是因為她把流言當真，才會弄成這樣的情形！

就為了這些後來才冒出來的女生，要 Pansy 她們三個犧牲？白痴啊！白痴嗎！

當然，我是沒打算更進一步責怪她們，但我也不會放過她們！

我會好～～好要她們跟我合作，負起該負的責任！

哼哼哼！畢竟現在時間是十九點。

「差不多到了很棒的時間啦──」！

那麼，就讓我們開始吧！開始我正在準備的世紀翻盤大作戰！

Cosmos、Pansy、葵花，妳們都沒發現吧！

的確，現在的狀況令人束手無策……完全是四面八方都堵死了！

既然這樣！只要朝第九方前進就好！

這條路才能通往對我最有利的大團圓結局！

只是話說回來，我早知道一旦被妳們得知就會被阻止，所以都不說啦！

畢竟 Pansy 她們三個……尤其 Cosmos，說來說去就是個性正經，責任感又強啊。

哪怕妳們想到了跟我一樣的手段，也不會實際去做吧……可是，我就會去做！

我要在我相信的路上往前衝！
妳們看著吧！接下來，我可要照我的意思做了！

我失去了

我和翌檜得知真相的隔天早上。

換作平常，在班會時間開始前，我們都會在教室裡閒聊來消磨時間，但今天不一樣。

我帶著背上微微發熱的痛，前往體育館。

……不對，不是只有我。

現在西木蔦高中幾乎所有學生都來到這裡——來到體育館集合。

「欸，真的開了全校集會耶……」

「這也就表示，繚亂祭果然……」

「又……又還沒決定好不好！得先聽他們好好說完……」

「要不要緊啊？真的不要緊嗎……？」

集合到體育館的學生們不約而同，聊的當然都是繚亂祭的事。

接下來，就要在這裡進行全校集會。

繚亂祭能否舉辦……以及燈飾事件的真相，將由三名少女——Cosmos、Pansy與葵花口中說出。

本來我這個並不屬於學生會成員的一般學生應該要和其他學生一樣，照班級排隊，但由於這次我牽扯到很多事情，現在位置是在體育館的後臺。

當然了，待在這裡的不是只有我和學生會成員。

另外還有……

「關於今天的流程……首先由我一個人告知全校學生繚亂祭要延期的情形。等這件事說完，可以請妳們兩個也上臺嗎？之後我們就三個人一起告知燈飾的事，對大家道歉吧。」

「嗯！知……知道了！只要等 Cosmos 學姊打信號就可以了對吧？」

「就是這樣啊，葵花同學……還有，關於燈飾的事，我打算主要由我來說明，這樣沒問題嗎？」

「好的。因為我想，大概就屬 Cosmos 學姊最習慣在人前講話……」

「謝謝妳，Pansy 同學。」

今天要上臺的 Pansy 和葵花自然也在。

……至於在班上對 Pansy 以外的人都沒辦法好好說話的超級怕生鬼小柊在做什麼……

「山茶花，小椿！不可以跟我分開！要是我被丟在這麼多人裡面，我會死掉的！」

「啊～～！知道了啦，妳不要黏那麼緊！不要一直抓住我的手臂！」

「……就是這樣我才受不了小柊……」

「呼～～！這樣就可以放心了～～！」

她不客氣地混到我們班隊伍裡，手臂牢牢勾住山茶花和小椿的手臂，心滿意足地微笑。

她本來大概覺得這陣形是銅牆鐵壁，但被牽扯進去的兩人就顯得很沒轍。

真搞不清楚她到底是有長進還是沒長進……不過現在大概也不必想這個吧。

我更應該在乎的……是 Pansy、葵花和 Cosmos。

我和她們三個一起待在體育館的後臺，簡直就像百花祭的花舞展那個時候。但接下來要進行的，可不是花舞展這種光鮮亮麗的事情……

報告與道歉。

為什麼燈飾會破損？結果繚亂祭會怎麼樣？

她們將這些告知學生們之後，非得對大家道歉不可。

究竟學生會不會接受她們的道歉呢？

一想到如果無法讓大家接受的情形…………我就不寒而慄。

「「…………」」

Pansy 和葵花大概相當緊張吧。

兩人都不發一語，不時以不安的視線瞥向我。

只是，即使處在這種氣氛下，還是有一個人很冷靜。

「不用擔心的。就只是在大家面前說話，什麼都不用擔心。」

就是學生會長 Cosmos。她絲毫沒有平常那種少女心的模樣，充滿了可靠的學生會長該有的威嚴。就只有她和平常一樣……不，是比平常更冷靜。

「呼……差不多該開始啦。」

Cosmos 以堅毅的態度踏上了一步。

「……好了，那我去去就來。我說完繚亂祭的事情後，會對妳們打信號，可以請葵花同學和 Pansy 同學就在那個時機也來到臺上嗎？」

「……好的，我明白了。」

「嗯！我等著！」

看著 Cosmos 獨自慢慢踩著強而有力的腳步走向臺上的背影，我又緊張得胸口糾結。真的不要緊嗎？都會順利嗎？

「大家早安！今天請各位同學來到體育館集合，是為了進行重要的報告！非常抱歉，麻煩大家了！」

全校集會終於開始了。

Cosmos 站在臺上，說話聲堅定有力，絲毫讓人感受不到緊張，集全校學生的矚目於一身。她本來顯得並不緊張，但身體很老實啊。

仔細一看，她把愛用的 Cosmos 筆記握得比平常緊。

之後，她帶著看起來特別達觀的笑容看向我……為什麼 Cosmos 會在這個時間點看我？不妙……我猛然湧起一股不好的預感。

Cosmos 這傢伙，到底想做什麼——

「燈飾之所以會破損……全都是我——秋野櫻，一個人的責任！」
這！Co……Cosmos 這傢伙搞什麼！不是這樣吧！
照本來說好的步驟，明明應該由她先把繚亂祭要延期的事情告訴大家，而燈飾的事則告訴大家是 Cosmos、Pansy 與葵花三個人的疏忽所造成的吧！
為什麼她卻一個人扛起責任……呃，難道說……她昨天是故意……
「是 Cosmos 會長弄壞燈飾？」
「喂，這是怎麼回事啦？燈飾不是網球隊的……」
體育館內一片譁然。所有學生都吞著口水，看著 Cosmos。
「這樣不行……我也得過去……葵花。」
「嗯……嗯！我也過去！」
葵花與 Pansy 急急忙忙要趕往臺上。
我驚險地攔住了她們。
「等一下！妳們不要動！先聽 Cosmos 會長說完！」
冷……冷靜啊……並不是一切都已經完了。
Cosmos 的行動的確相當出乎我意料，但不表示我的作戰失敗了。

所以……現在只能忍耐！

「這次的事是我以自己的工作太忙為理由，輕忽了本來必須由自己去做的事情，對其他學生下了含糊的指示！這個指示造成這個學生錯把裝了燈飾的袋子當成垃圾拿去丟掉！」

Cosmos……妳從一開始就打算這麼做嗎？

先說好三個人一起道歉，讓葵花與 Pansy 接受……

只是，這些全都是騙人，妳從一開始就打算由自己扛起所有責任？

為什麼要做出這樣的事啦……

「不行！這樣下去，Cosmos 學姊會……！花灑，放開我！」

「我不放！還沒有！事情還沒結束……」

葵花又想衝向 Cosmos，我按住她的手臂，勉強壓制住她的動作。她以相當大的力氣在掙扎，但我也得爭一口氣。

我萬萬不能讓葵花和 Pansy 在這個節骨眼過去啊……

一旦讓她們過去，臺上絕對會發生糾紛。這樣一來，就真的會沒戲唱。

「還沒結束？花灑同學，你……」

Pansy 似乎察覺我的話有蹊蹺，以犀利的視線朝我看過來。

所以，我靜靜地點了點頭。

「…………我明白了。葵花，我們就待在這裡吧。」

「可……可是，Pansy！」

「既然 Cosmos 學姊做出了行動，我們也只能相信花灑同學了……可以吧？」

「可以，由我負全責。」

我嘴上這麼說，但坦白說我也是提心吊膽。

其實我還想要多點時間，畢竟我這邊還沒有準備就緒啊……

「全都是我不好！所以，還請大家不要責怪其他學生！我求求大家！」

不要，別這樣……為什麼妳要一個人扛起全部？

就因為妳是三年級？因為妳是學生會長？

不是吧……？妳……就只是 Cosmos 吧……

「大家衷心期待繚亂祭，我卻做出這種拖累繚亂祭的事，真的非常抱歉！」

Cosmos 一心一意對全校學生深深一鞠躬，同時說明這次的事情。

學生們似乎不知道該對她的道歉做出什麼反應，顯得不知所措。

還沒嗎……還沒好嗎……？…………快點！快點來啊！

不然，Cosmos 會……

「當然，我充分理解到這件事不是道歉就能解決！所以接下來我一定會想辦法滿足大家的要求！那個……現階段沒辦法照原訂日期舉辦繚亂祭，但透過延期，我會負責將——」

「不～～對啦～～～～～～！繚亂祭、燈花典禮！都可以按照原訂日期舉辦！」

這一瞬間，體育館的門被人用力打開，一名男子說話的聲音劇烈迴盪。

他的喊聲實在太大，讓全校學生的視線都集中到他身上，Cosmos 不由得停住不說，啞口無言地看著這個人。

他的身旁還站著氣喘吁吁，手撐在膝蓋上的翌檜。但由於他的存在感太強，讓翌檜不太會被人注意到。

……趕上了！趕上啦！總算來啦！

「哼哼……哼。好漫長……走到這一步，真的好漫長……啊！」

他一如往常，維持一句話講到最後一個字前都要停頓一下的習慣，慢慢走向臺上。

他的黑眼圈平常就很明顯，但今天特別嚴重。

甚至讓人懷疑這已經不是眼圈，而是用黑筆畫出來的了。

想來他應該是熬夜工作吧……為了這個對他而言千載難逢的良機。

「呼……呼……花灑！我們趕上了！已經，沒問題了！」

「嗯！是啊！哎，我剛剛真是提心吊膽啊！」

翌檜踩著搖搖晃晃的腳步朝我走來，於是我和她擊掌。

和一直陪著我抗戰到這一步的最佳夥伴擊掌。

「Pansy！葵花！已經沒事了！這樣一來，問題全都解決了！」

「花……花灑，這是怎麼回事？」

「葵花，妳冷靜點。現在我們就先看看花灑說的那個人怎麼做吧。」

葵花還無法完全了解我話裡的意思，看起來一片混亂，但 Pansy 似乎信任我，靜靜觀望情形。

觀望那個才剛發出大得離譜的吼聲，出現在體育館的人。

「沒有什麼事是秋野做得到，而我做不到的！秋野！妳的江山也只到今天了！在這裡給我碰上，就表示妳氣數已盡！從現在起，我光明的人生就要開始啦～～～～！」

口氣已經完全是個魔王了。

看來這個人一興奮起來，語尾停頓的習慣就會不見。

——好了，那我也差不多該開始說明啦。

其實呢，這次的事情，有個人物從一開始到最後都站在我們這一邊。

啊啊，為免誤會，我要先說清楚，這個人可不是唐突出現的新人物。

這個人「從一開始就一直」都有登場，跟我也已是老交情。

「繚亂祭延期？燈花典禮的燈飾要由秋野想辦法籌措？也不想想我們已經確定有燈飾可以用，也做好了能夠開辦的準備？可笑！這是貽笑大方！壓倒性地貽笑大方，反而笑得停不下來啊！哼哈哈哈哈哈！」

然後，要說這個人是誰……啊，這個人不客氣地走上臺，讓 Cosmos 終於恢復理智啦。

那麼，相信 Cosmos 一定會告訴大家這個人物的名字吧。

「這……這是怎麼回事？…………山田！」

順便說一下，山田是會計。

他相當重要，所以我要好好介紹。

山田一葵，把全名省略中間就會變成「山葵」，是西木蔦高中的三年級生。

成績永遠是全學年第二名，在學生會選舉也輸給 Cosmos，本來應該擔任副會長，但他似乎厭惡「副」這個字，於是擔任「會計」這個職位，是個怪胎。

他一而再、再而三挑戰 Cosmos，每次都輸得一塌糊塗，但說來說去他還是很優秀，Cosmos 也當他是個可敬的競爭對手……雖然他全敗。

不知道有沒有人早就發現了？

順便追加一項小小的情報，就是其實他和學生會的學妹，一個跟我同年級的女生在交往……人數再增加下去也很傷腦筋，所以我就不特別介紹了。

——沒錯，就只有山葵，也就是山田學長，一直站在我們這一邊。

如果要問他是不是站在 Cosmos 那邊就比較難說……不過大概是吧。

我們追查燈飾事件的真相時，我就請山田學長分頭行動，摸索能夠讓繚亂祭舉辦的方法。而到了今天，終於得以實現。

本來我不知道會不會順利，一直處在走鋼索般的狀況……但事情還是搞定了。搞定了要舉辦繚亂祭所需的…………籌措燈飾問題。

「要怎麼做？繚亂祭要用到的燈飾不是已經破損了嗎！要再有新的燈飾，就需要有預算，而且根本就沒有時間……」

「哼哼哼。秋野在問我問題！她在問我問題！這是多麼美妙的高潮！我有感覺！有感覺啊～～！喜悅在我的體內跳著俐落的森巴舞啊！」

冷靜點，你這個變態。

我知道你過去都沒什麼機會講上幾句像樣的台詞，但這樣還是太沖昏頭了。

「我就從後半的問題回答起！準備時間不用擔心！因為確保預算之後，我一直到處在找業者！雖然花了很多時間交涉……但就在剛剛，我讓一個業者承諾『辦得到』了！」

我等的就是這個。

即使能夠確保預算，要準備新的燈飾也需要時間。

所以，山田學長、我和翌檜在放學後會合，拚命尋找能夠備妥燈飾的業者。

也就是這個山田學長喃喃說著：「一旦放棄，我的勝利就會消……失！這千載難逢的機會……我一定會抓……住！」就像被什麼東西附身似的努力，找到了說出「也許有辦法」的業者，於是從一大早就和翌檜去交涉。

「那……那預算呢？預算要怎麼……」

預算的事，相信是 Cosmos 最在意的。

畢竟就是一直解決不了這個問題，她才會很頭痛。

「哼，這個問題的答案，秋野……妳自己昨天不就在學生會說過了嗎！」

「我自己……？」

沒錯，答案就是昨天我和翌檜去學生會時，Cosmos 說過的話……

『只要把各班級和社團要擺的攤位停掉一半左右，就辦得到。也就是把透過這種削減省下的租借費與器材相關預算，全都挪去買燈飾。』

答案就在這段話裡。

說穿了……

「就是精簡到一半！把各班和各社團要擺的攤位精簡了！……沒錯吧，大家！」

山田學長做出朝全校學生喊話的動作，學生們彷彿就等他這麼一問，立刻面帶笑容，用力點頭。

「這！這樣不可以！會有一半的學生想做的事……」

「不對，沒有任何問題！畢竟我們不是把擺攤申請停掉一半，是進行合併，透過這樣的方式省下了預算！」

這就是答案。不是把繚亂祭要擺的攤停掉，而是合併。
這樣一來，即使無法讓每個人都把想做的事情做個盡興，仍然足以讓大家玩得開心。
而且透過合併，說不定意外地可以創造出一些不一樣的有趣事物。
只是Cosmos……啊啊，果然啊。
她還有著不接受、不滿的表情。不出我所料。
「不……不對，這樣會有學生沒辦法接受……」
「不用擔心～～！我覺得大家通力合作來參加繚亂祭會更好玩，也更痛快啊～～！大家說，是不是這樣～～！」
這個時候，一名少女的喊聲迴盪在體育館內。
而對於這個少女的提問……
「我也覺得合辦沒有問題！也完全接受！」
「嗯！我也贊成！……完全ＯＫ的，Cosmos 會長！」
「我們希望這次換我們來加油！所以，沒有問題！」
「啊，大家！一班要和二班合辦角色扮演鬼屋喔～～！我完全想不到會變成怎樣的鬼屋，聽起來就很好玩啊！」
「網球隊要和棒球隊合作，辦個用網球拍打網球的全壘打挑戰！順帶一提，成功的人可以得到獎品，似乎是要給棉花糖！」

其他學生也接二連三說下去。學生們的聲援迴盪在體育館內。

不對，不只是聲援，甚至還掀起掌聲，熱鬧非凡。

最先大聲喊話的是Primula，接話的是撫子吧。

多虧妳們啦。是妳們故意大聲喊話，營造出讓其他學生也比較敢喊話的氣氛吧。

不經意地從後臺和她們對看到，她們兩個都朝我比出勝利手勢。

所以我也用勝利手勢回應……回應幫忙到這一步的幫手們。

「好……好吧。既然大家都說沒有問題……我尊重大家的意見……」

聽大家這麼贊同，她大概也不得不點頭吧。

Cosmos 表露出心不甘情不願接受的態度……這就是 Cosmos 的缺點。

不知道是出於身為學生會長的責任感，還是太正經八百的個性，總之她就是會想要實現每個人的要求。正因為這樣，她才會找不出連我都想得到的「合併」這個答案……不，她根本就不會試著去找這種答案。

因為從某種角度來看，這會逼學生們遷就。

瞞著她果然是對的。

看她那樣子，要是被她知道，我看豈止會反對，甚至可能會阻止。

「呵，看妳這態度……昨天聽花灑的話，引妳到圖書室是對的啊！」

「昨……昨天？聽花灑的話，引我過去？難……難道說，圖書室那次是……！」

Cosmos 以震驚的表情看向待在後臺的我。
所以，我以得意的笑容回應。
總算發現啦？沒錯，昨天……把 Cosmos 叫去圖書室的人是我。
是我拜託山田學長和 Primula，故意把情報洩漏給 Cosmos，引她去圖書室。
因為這樣的話就可以絆住她。
如此一來，山田學長去和各班與各社團交涉時，也就不會受到 Cosmos 的妨礙。
說來就是我的招牌拿手好戲「拿自己當誘餌，請別人行動」。
只是，我沒料到會在那裡爆出那麼劇烈的口角，所以當時我可慌了……
「花灑同學，有件事我想問你，你們是怎麼說服全校學生的？如果時間夠，也許辦得到，但你們查出真相是在昨天……而且當時距離離校時間已經沒有多少時間了吧？」
身旁的 Pansy 忽然對我問了問題。
她說得當然沒錯。本來事情不可能會這麼順利地一步步敲定。
可是不這麼做就解決不了這次的事件。
正因為這樣……
「我去討了些幫助………找真正的犯人討。」
由我放出了「流言」。
話說回來，我可不是講些空穴來風的流言喔。

我放出的流言內容是「照這樣下去，繚亂祭會停辦。Cosmos 會長根本解決不了」。

各位都會覺得這種內容的流言怎麼可能傳開，對吧？

當然只有這樣是不行的……所以，我補上了一句話。

補上了一句能把最平凡的內容都變得超級重要的祕密咒語。

小柊先前就這樣，所以我很清楚，這句話就是能讓人聽了之後反而很想說出去。

……那就是「請你盡可能保密」。

我加上這句話，首先把流言告訴了網球隊隊長，以及有不和同學與部江田同學。

然後還找上了 Primula、撫子……以及小桑與山茶花幫忙。

尤其要感謝 Primula。畢竟我不但請她幫忙傳流言，還請她把 Cosmos 引到圖書室來。

就這樣增加幫手，二年級有山茶花和 Primula，一年級有撫子。

……然後，三年級就是讓棒球隊隊員去傳流言。

話說回來，我可不是特地去和全校學生談話喔。

我們終究只是成了火種。

「流言」這種東西本來就是自己會繼續散播。

我們先做好了這樣的事前準備，再由山田學長去找各班級和各社團，說服他們「希望你們可以合併擺攤」。結果學生們就爽快地答應了。

畢竟 Primula 教過我……

『大家都想當打倒強大反派的正義使者。』

教過我這件事。

Cosmos 是任誰都予以肯定的西木蔦高中超級學生會長。

如果我們能夠解決連這麼厲害的人都解決不了的大問題……那不是棒透了嗎？

「Cosmos 學姊，每次都為了我們那～～麼努力～～！所以，偶爾也依～～靠我們一下啊！我們也不是什麼事都不會做啊！」

「Cosmos 學姊，我也多少可以提供幫助的！呼～～……呼～～……」

「綾小路颯斗也贊成啊！綾小路颯斗不想看到葵花悲傷的眼淚啊！所以，綾小路颯斗要卯足全力努力！」

「喔呵呵呵！哪怕是學生會長，我也一樣會為妳加油的！這是當然的吧，Cosmos！」

「哈哈哈！我們棒球隊平常也很受 Cosmos 照顧嘛！不偶爾報答一下這個恩情，可就傷腦筋啦！也就是說，這是個好機會！」

「屈木說得沒錯……而且 Cosmos 自己一個人太拚了吧？學校的活動就和棒球一樣，遇到問題就靠團隊合作克服吧。」

「耶～～！這次是我也能耍帥的大好機會，所以我當然要搭這便車啦！不然每次好處都被小桑撈走！」

學生們歡聲雷動，彷彿將先前在校內蔓延的各種 Cosmos 不好的流言全都一掃而空。

雖然比較突出的都是一些我比較熟的人所發出的聲音，但我並沒有去拜託他們。其他學生也對 Cosmos 發出大同小異的歡呼。

其實這說起來是理所當然，可想而知……Cosmos 這個人，好的流言遠比不好的流言多啊……只是這些好的流言平常不會浮上臺面罷了。

畢竟這世界，壞事似乎就是比好事容易吸引人注意。

……可是啊，各位可別搞錯喔。壞的流言只是容易醒目，不表示這些占了多數。

即使不明顯，即使看似要被不好的流言壓垮……但願意支持她的人、可以依靠的人遠比相反的人多。

「所以呢，各位！什麼都不用擔心！就在前不久，我——山田一葵，找出了能夠如期準備好燈飾的業者！也就是說！繚亂祭將會如期舉辦！……山田果然有一套！山田果然厲害！山田萬歲！」

不要自己講——呃，雖然他的表現的確相當厲害啦……

畢竟他短短兩個小時就說服了各班和各社團的代表，放學後還找到了能夠如期備妥燈飾的業者。

可是，看著他那種態度，就讓人不可思議地不想老實稱讚他。

「繚亂祭竟然可以如期舉辦……我好高興！山田同學，你真的好厲害啊！……僅次於 Cosmos 會長！」

「雖然輸給 Cosmos 學姊，可是我現在知道山田學長也很靠得住了！」

「只有這次，我要感謝山田同學！謝謝你！」

「哼哈哈哈哈！沒錯吧！沒錯吧！」

啊，不如 Cosmos 這點還是沒變啊。我們學校的學生還真狠。

不過就算這樣，他本人似乎還是很滿足，所以就別計較了吧。

哎呀呀，當 Cosmos 先提起燈飾的時候，我可急了，但真的是還好能夠提供「繚亂祭會舉辦」這個特大號話題。

多虧如此，大家似乎都不在意燈飾的事了。

……那麼，最後就來個畫龍點睛吧。

「Pansy，葵花，妳們可以去幫一下在臺上為難的學生會長嗎？」

「好的，當然可以。」

「嗯！知道了！」

我說了一聲，葵花和 Pansy 就走向臺上。

然後從山田學長手中接過麥克風——

「不只是 Cosmos 學姊！我也一樣！弄壞燈飾，我也有責任！對不起！」

「對不起，我照 Cosmos 學姊的吩咐去傳話，卻只傳過就算，是我製造出弄壞燈飾的原因。真的非常對不起大家。」

兩人各自對全校學生低頭道歉。

「葵花同學，Pansy 同學……！我……我也一樣！」

Cosmos 也在她們兩人之後，深深低頭道歉。

但沒有一個學生責怪她們……這是當然的吧？

因為正義使者人通常都很好。

「那麼，全校集會就到這裡結……束！就請各位同學回到自己班上或社團，努力進行繚亂祭的準備工……作！」

最後由總算取回幾分冷靜的山田學長恢復語尾停頓的習慣，做出這樣的宣言，全校集會也就順利宣告結束……

全校集會結束了，所以幾乎所有學生都回教室去了……但很遺憾，我得留下來。

其他學生會成員和 Pansy 他們都回去了，真是人情冷暖。

那麼，至於我是被誰逮住才留下來……

「花灑同學……」

除了學生會長 Cosmos 以外，當然不作第二人想。

她在生氣？……應該不是吧。嚴格說來，她臉上有的是鬧彆扭的表情。

畢竟她還像個小孩子似的鼓起臉頰。

「……你真的很敢耶。」

「……我真的很敢啊。」

「！這……這是我的……！」

Cosmos 平常就常複誦對方的前一句台詞，我現在就是模仿了她這個習慣。

大概是被我學得很難為情，Cosmos 的臉頰微微泛紅。

「多……多少總可以跟我商量一下吧！這樣一來，我也可以幫助你啊！可是你竟然排擠我，跟山田……」

「這次的事情，一直不和任何人商量，堅持自己一個人搞定的，是誰來著啊？而且到最後，連 Pansy 和葵花的意思都無視……」

「……嗚！那……那個……對不起……」

看到她垂頭喪氣的模樣，自然會嘴角上揚，大概是因為現在待在我面前的不是擔任學生會長的 Cosmos，而是跟我們一起時的圖書室裡的 Cosmos 吧。

……最後一個圖書室成員總算回來啦。

「比起道歉，我有更想聽的話啦……」

「啊！說……說得也是……咳，謝謝你，花灑同學。全都多虧你，真的……謝謝你。」

唔！不妙，我太得寸進尺了……Cosmos 的笑容比我預料中更可愛……

「不……不客氣……的。」

「…………自己要我道謝，卻又不好意思，這樣不行吧？」
「差……差不多要到上課時間了，我也要回去了！那就這樣！」
「唔……遲到一下又不會怎麼樣。」
想也知道不可以吧。學生會長怎麼可以有這種發言？
妳為什麼這麼快就學到臨機應變的對應能力啦。

*

——兩天後。
時間是十九點。
已經有些昏暗的天空下，西木蔦高中的全校學生都聚集在這裡。
「總算到了這一天啊！」
「我從昨天就太期待，根本睡不著！」
「就快開始了啊～～我都準備好了，可得努力送出去才行！」
周遭傳來學生們雀躍的說話聲。
我們當然也是一樣的心情。待在我身邊的人——翌檜、山茶花、小柊、小椿、Pansy、葵花也都雀躍地環顧四周。

「花灑，要開始了！真的要開始了！」

「嗯，對啊，葵花。」

「呵呵，看這樣子，花灑同學似乎也做好了準備呢。」

「那還用說？Pansy，妳以為我是為了什麼才那麼辛苦？」

葵花發出雀躍的呼喊，Pansy 也接著說話。

Pansy 的視線多半是投注在我一隻手提著的那個有點大的塑膠袋吧。

至於這裡面裝著什麼……啊，差不多要開始啦。

「啊……啊～～……嗯嗯！」

運動場上擺了指揮臺，某個人站在上面，一手拿著麥克風檢查音量。

這個人好像很緊張，視線飄忽不定。

只是，他似乎知道如果自己不宣布，這場重頭戲就不會開始，於是以犀利的眼神看向正前方。

「那麼，繚亂祭前夜祭……燈花典禮，正式開……始！」

山田學長這麼宣告。

同時點亮的是鋪設在運動場上的燈飾。

燈飾亮出美麗的燈光，照亮了運動場……以及我們。

「哇啊～～！好棒好棒！好漂亮！」

「是啊，真的……好夢幻。」

「總覺得很多事情都讓人感慨萬千……總算來到這一步了啊……」

「還……還好啦，挺不壞的嘛。嗯……非常……漂亮呢……」

「小椿！這好漂亮好漂亮！好棒喔～～！」

「嗯，我也這麼覺得呢。」

站在我身邊的圖書室成員各自對終於開始的燈花典禮說出自己的感想。

本來宣布燈花典禮開始這個工作應該由學生會長 Cosmos 擔任，但山田學長在這次的事情做出了最重要的活躍，於是將這個角色讓給他。

只是，這也不表示她可以離開現場，所以和其他學生會幹部一起待在指揮臺上。不過現在都宣布完了，也差不多……啊啊，她來啦。

「嗨！大家久等了！燈花典禮果然好棒啊！真的……能舉辦真是太好了！謝謝妳……翌檜同學。還有……花……花灑同學。」

「呵呵呵，請不要放在心上，我們也只是希望燈花典禮可以舉辦！對吧，花灑！」

「是、是啊……翌檜說得沒錯。」

我之所以會有點難為情，應該是因為 Cosmos 以泛紅的臉看著我吧。

總覺得從上次的全校集會以來，Cosmos 的態度就有了些微的轉變。

該說是比以前更懂得去依賴旁人，還是養成了依賴的習慣……

等等，現在不是在意這種事情的時候了。

更重要的是，燈花典禮的情形……

「Primula！……來！這是我們壘球隊送妳的！以後也要繼續加油喔，新隊長！我們也會盡力支持妳！」

「唔呀！這可真大手筆啊！哎呀～～！謝啦謝啦！那我也要給大家回禮啦～～！」

離我們一小段距離外，壘球隊的隊員們就弄得很熱鬧。

自從上次全校集會結束後，Primula 與撫子對準備工作特別盡心盡力。

聽說她們因為自己造成了上次燈飾毀壞的原因，所以率先負責管理燈飾，在其他地方也幫了學生會很多忙。

她的手腕似乎相當出色，甚至讓 Cosmos 都掛保證：「我都希望下一屆的學生會長是 Primula 同學了。」

對此，Primula 則一如往常地輕輕帶過。但能得到 Cosmos 的肯定，想必她也非常開心。她還有點難為情地說：「那也好，我就去報名吧！」

她們兩人有過各種過節，但與其交惡，當然還是交好比較好。

「唔哼哼！撫子同學，這邊啊，這邊！」

「請……請不要拉我，蒲公英同學！而且我為什麼要跟妳這種……」

「真～～是的！就算能跟實在太天使的我牽手，妳這樣也太難為情了啦！」

蒲公英一隻手緊握蒲公英花，另一隻手握住撫子的手，半強迫拉著她走。順便說一下，她手上的蒲公英是燈花典禮即將開始的時候，我送給她的。

說來說去，這次也受她照顧了啊。這算是答謝她。

我送給她的時候，她就說：「哇啊～～！是蒲公英！是蒲公英花！謝謝如月學長！唔哼哼哼！」讓我覺得她只有坦白表露開心的時候很可愛。

而作為回禮，蒲公英給了我說是湊巧找到的四葉幸運草，可是……這不是花吧？不過要說這很有蒲公英的風格，也是沒錯啦……

然後，她們要做什麼……

「為什麼難得的燈花典禮，我要跟這種女人……虧我終於拿出勇氣要對芝學長——」

「芝學長～～！久等了～～！」

「……什麼！」

「蒲公英，妳怎麼啦？突然把我叫來這種地方。我在燈花典禮要和棒球隊的其他人……咦？這女生是誰？」

「她跟我一樣是一年級生，是壘球隊的撫子同學！她是跟我非常要好的朋友喔！唔哼哼哼！」

「芝……芝學長就在眼前！這出乎我意料！這樣……我還沒做好心理準備……」

「蒲公英的朋友？呃，妳帶這位撫子同學來是怎麼啦？」

「呃，這個……！」

撫子被蒲公英意料之外的支援弄得不知所措，但最後似乎決定拿出勇氣。她臉頰泛紅，咬緊下唇。

「芝學長！請你收下這個！」

她盡力擠出聲音，朝芝遞出石竹花。（註：石竹花的日文名稱為「撫子」）

「咦？給……給我？不……不是給小桑？」

「就是送給芝學長！我希望芝學長收下！」

「知……知道了……謝啦，呃……撫子同學。」

芝儘管說得吞吞吐吐，仍從撫子手中接下了花。

他參加棒球隊，應該也很受歡迎，卻似乎對這種事情還不太習慣。

「送出去了……我送出去了啊～～～！」

撫子大概真的很開心，她露出的不是平常那種有氣質的笑容，而是她這年紀該有的天真笑容，這種模樣非常惹人憐愛……但我還是不由自主地不寒而慄。

為什麼？我都已經知道她的本性了……

「唔哼哼！太好啦，撫子同學！」

「是！謝謝妳，蒲公英同學！原來我誤會妳——」

「這樣一來，妳在繚亂祭就可以沒有後顧之憂，發揮妳在老家開的蔬果行培養出來的那種就像在蹲一條直徑三十公分的便便時充滿力道的喊聲，來招呼客人了吧！唔哼哼！」

「妳這女的為什麼偏偏就是要在最後關頭多嘴啦～～！不要有事沒事就提起我老家啊～～！要不要我拿黑皮栗南瓜砸在妳臉上？」

「咦唷喔喔喔喔！撫子同學的臉變得像終極戰士：掠奪者一樣！請……請妳冷靜下來！我不是黑皮栗南瓜那一派，是雪化妝南瓜那一派的～～～！」

原來如此，這就是為什麼我會不寒而慄啊……然後，為什麼蒲公英對南瓜這麼了解？

「總覺得這學妹好猛喔……我還是覺得妹妹MI——」

好了，蒲公英她們的事情說到這裡就夠了吧。

雖然再聽一下多半就會知道芝的妹妹叫什麼名字，但沒什麼好在意的吧。

「小椿，這個送妳！是山茶花～～！」（註：山茶花的日文名稱為「椿」）

「嗯，謝謝妳喔，小柊……那我也送妳回禮呢。來，這是柊樹的花……」

「哇～～！謝謝妳！我好開心好開心～～！」

在我們身旁將彼此帶來的花互換的，是小椿與小柊。

說來說去，她們兩個似乎很要好，小柊老實地露出滿面笑容，小椿則露出略帶難為情的笑容，互相注視彼此。

順便說一下，要說現在不在場的圖書室成員小桑在做什麼……其實我也不知道啊。

「欸，你們知道大賀同學去哪裡了嗎？我都準備了花來，想送給他……」

「嗯～～剛才有人說，在成就樹那邊看到他……」

「成就樹？那邊只放著銀蓮花（註：Anemone），沒看到大賀同學啊。」

「成就樹那裡放了花？是誰放的啊……呃，重要的是大賀同學！」

看來其他女生也在找小桑，但並未發現。說真的，我這個好朋友是跑哪裡去了？

到頭來，這次的事件中，就只有小桑相關的流言──「大賀太陽最近一到晚上，就和外校學生密會，密談奇怪的事情」並未得到解決，搞不好就和山茶花一樣，流言是真的，他真的和這個外校的人見面。而且他之前也說已經先有人來找他了。

──想是這麼想，沒想到等著我的未來，卻是這個小桑見面的「外校學生」拜託我一件不得了的事情……但這又是另一個故事了。

呃，真的嚇了我一跳啊……

萬萬沒想到小桑竟然一直在和我也很熟的「那傢伙」見面……

那麼，也差不多該開始我這邊的部分啦……

「花灑，首先由我開始！……來！這次真的很謝謝你！我好開心！」

「嗯，謝啦，葵花。」

最先送花給我的是葵花。

她帶著滿面笑容，朝我遞出有點小的向日葵。

「花灑同學！請……請你收下這個！那……那個……以後也請，多多指教嘍。」

「我會好好珍惜的，Cosmos 會長。」

接著送花給我的，是 Cosmos。

她說話口氣有點客氣，但仍強而有力地將秋櫻送給我。

「呵呵，我當然是送這花了，花灑同學。」

「謝啦，Pansy。」

Pansy 送給我的，果然是三色堇。

顏色是白、黃與紫色。和以前她在花舞展上對我說明的時候是一樣的顏色。

「我……我也是有準備，所以你就給我收下啦！不……不准對任何人說喔！如……如果被人以為我只對你有特別待遇，可會給我添麻煩的！」

「知道了，我才不會對別人說啦。」

山茶花送給我的是幾乎和她的臉一樣紅的茶梅。（註：茶梅的日文名稱為「山茶花」）

謝啦。我會好好珍惜的……

好了，接下來是不是輪到用特別閃亮的眼神看著我的翌檜呢？

然後，等她送完，就要換我——

「花灑！我要送花給你，可是，可以不在這裡，到別的地方送嗎？」

「咦？」

「你想想！這次我不是非常努力嗎！所以作為報酬，我想在只有我和你兩個人的狀況下送花給你！」

翌檜提出這個出乎意料的提議，我是不用說了，其他四個人也顯得不知所措。

只是，這次的確處處都受翌檜照顧。

既然她本人很期待這種特別報酬……

「知道了。那我們就換個地方吧。」

就答應她的要求吧。

「翌檜，妳——」

「好的！謝謝你！那麼各位，我借用花灑一下喔！」

Pansy 想說話，但翌檜不讓她說下去。

大家似乎也無意阻止我和翌檜的行動，露出有點擔心的表情目送我們離開。

「呵呵！我早就決定了！決定要在這裡跟花灑說話！」

「喔……喔喔……沒想到要走這麼遠，可嚇了我一跳……」

我和翌檜離開運動場後，去到的是屋頂。

從這裡可以把運動場盡收眼底，清楚看出燈飾排成西洋木蔦的形狀，這樣倒也是一幅美景。

「好懷念啊，像這樣和花灑兩個人一起來屋頂！」

「我是不太願意回想起來啦……」

我和翌檜在屋頂的回憶……就是那個三劈事件。

當時她突然說什麼「為了查證你是不是三劈，我要對你貼身採訪」，真的讓我有夠傷腦筋……

「那事不宜遲！我想把我準備好的花送給你！」

「好……好啊。謝啦……」

翌檜一如往常，但或許是被燈飾的光照亮，她臉上的紅潤特別醒目，顯得格外嫵媚。不行啊，我得讓自己別太緊張……

「這就是，我要送給你的…………蘊含了我心意的花！」

「……咦？」

看到翌檜說完後遞向我的花，我不由得瞪大了眼睛。

我一直以為翌檜會送翌檜的花給我。

但我猜錯了。翌檜遞給我的花，是香豌豆（Sweet Pea）。

花語是…………「離別」的花。

「翌……翌檜，這是怎麼……回事？我們以後也可以繼續——」

「花灑，我就是『看出來了』。」

「看……看出來了？呃，妳到底在說什麼……」
相信翌檜早就料到我會這麼問了吧。
她臉上有著帶點達觀的平靜笑容。
然後，她拿出了不同的另一種花……

「『她』……就是花灑唯一特別喜歡的女生吧？」

她靜靜地這麼說了。
「這！啊，不，這……這個……！」
「呵呵，果然是這樣啊。」
翌檜也不管我的窘迫，帶著幾分死心的神情微笑。
為……為什麼！我頂多只有把有這麼一個人存在的這回事告訴小桑，但根本沒說過是誰啊！……可是，為什麼翌檜會知道？
沒有錯……她沒說錯……翌檜拿給我看的花……就是正確答案……
「妳……妳怎麼會知道，翌檜……」
「這是你自己的行動帶來的結果啊，花灑。」
「我自己的行動帶來的結果？」

「這次的事情……當你知道所有真相後，你說了一句話。那就是一切的答案。」

聽她這麼一說，我全身竄過一股寒氣。

難道，是那句話？翌檜就是從那句話推知……

「花灑，在這次的事情裡，你的行動就是不管事情如何演變，都要能維護這唯一一個女生周全吧？雖然結果是一切都圓滿解決，但你的行動就是要讓事情即使失敗，也只有她一定能夠平安吧？」

錯不了……就是那句話。是我那個時候說的話……

連我自己說出來以後也覺得不妙。

所以，我一直告訴自己要冷靜，也自認冷靜處理了。

但翌檜就是發現了啊……

「花灑，我再問你一次喔。」

翌檜以平靜溫和卻又強而有力的聲音對我問了。

「……『她』，就是你唯一特別喜歡的女生，對吧？」

我想否認。其實我不想承認，因為承認了就會迎來一個結束。

然而，我仍然……

「嗯……妳說得對。」

我承認了翌檜的話。

「果然，是這樣啊……嗚……嗚嗚……！」

眼淚從翌檜的雙眼潸潸流出。

翌檜嬌小的身體顫抖，用力握緊拳頭，眼淚流個不停。

我很想立刻讓她不再顫抖，立刻緊緊抱住她。

……可是，我不能這麼做。我能做的，就只有告訴她真相。

儘管明知會讓翌檜受傷，還是要告訴她真相……

「也就是說……不是我吧？」

「……對。」

「花灑……最喜歡的是她吧？」

「……沒錯。」

「嗚，嗚，嗚……啊啊啊啊啊啊啊啊啊啊啊啊！」

翌檜的哭聲迴盪在屋頂上。

除了我們，還有其他學生來到這裡，他們都不由得全身一震。

然而，無論我還是翌檜，都根本沒有心思顧及旁人。

「哇馬！哇馬好喜歡花灑！哇更喜歡花灑！可是，可是！花灑最喜歡的卻是她哩！」

「…………！沒錯，就算翌檜最喜歡我，就算翌檜更喜歡我，我還是…………還是最喜歡她。」

我腦袋很燙，幾乎像是要沸騰、蒸發。
整個人動彈不得，令我懷疑是不是全身都被樹根纏住。
一名少女在眼前流著大滴的眼淚……我卻沒有辦法幫助她。
「呼！嗚嗚！我還想要更多跟花灑的回憶！想跟你約會、一起吃便當、去旅行，親嘴……有好多好多事情想做！可是，可是……就是不行哩？」
「不行。我沒有辦法和妳創造這種回憶……」
其實我很想否認。哪怕是謊言，我也好想告訴她不是這樣。
然而，現在需要的不是這種逢場作戲的體貼。
而是直率地面對翌檜的心意，做個了結。
所以…………哪怕會把翌檜傷得多深，哪怕會讓翌檜流下多少眼淚。
「我想和她創造這樣的回憶。」
決定要做，就要做到底。這就是我的座右銘。
「～～～～～！」
聽到我這麼說，翌檜只是一直流眼淚。
一邊發出不成話語的聲音。
我就只是一直站在這樣的翌檜身前……

不知道翌檜哭了多久，但她似乎漸漸鎮定下來，用力揉了揉雙眼，硬讓自己的眼淚停下來。

「呼……終於知道一直想知道的事，讓我覺得非常清爽！」

別騙人了……妳的臉才不是清爽的表情吧……

哭腫的眼睛，微微空洞而死心的表情。

翌檜這與話語相反的表情早已述說出一切。

「翌……翌檜，我準備的花……」

「呵呵，我就不用了！因為我不能收！」

我想也是啊。我就知道……

「可是，這次的事情，花灑非常努力！剛剛也是明知會傷害我，仍然誠懇地面對我！所以，我要給你獎賞！」

「獎賞？不，我已經收了妳的花……嗯這！」

這一瞬間，一股柔軟的觸感從我臉頰上竄過。

不知不覺間，翌檜的身影已經不在我正前方，而是來到身旁。

她做了什麼，已經不用多說。

「呵呵，就算花灑說不能跟我創造那樣的回憶，但只有這個回憶，我是打定了主意說什麼也要創造出來！……可是，這樣一來，我這邊就結束了！以後我就是花灑的朋友！」

「嗯，嗯……」

「那我就失陪了。『直到今天，我們彼此都辛苦了』，花灑！」

相信這句話絕不是指直到今天的燈飾事件。

是從我認識翌檜至今交織出來的故事。

翌檜那樣說……是作為這個故事的結尾……

＊

「你回來啦，花灑同學……哎呀？翌檜怎麼了嗎？」

我從屋頂上回到運動場，Pansy、Cosmos、葵花和山茶花都歡迎我回去。

只是，她們臉上的表情不是喜悅，而是疑問。

似乎是對翌檜不在場的情形覺得不可思議。

「……翌檜她不會來……『她再也不會來了』……」

「「「「…………！」」」」

相信她們四個都聽懂了我這麼說的意思。

她們睜大眼睛盯著我看。

我和四個人當中的一名少女四目相對。

巧的是，這個人就是我唯一特別喜歡的女生。

「這……這不是你的錯吧！……沒……沒辦法！這種事情沒辦法吧！所以，你要好好振作！要抬頭挺胸，對自己有自信！」

山茶花口氣粗魯，對我說的話卻很體貼。

……沒錯，我非得抬頭挺胸不可。

「花灑！呃……這是多虧了花灑！多虧花灑，大家才能夠像這樣在一起！所以我覺得……我覺得花灑還是要過得好好的才行！」

「是啊……花灑同學，就是因為有你在，我們才能像這樣緊緊相連。所以，請你萬萬不要後悔。要不是……要不是有你，我們本來就沒辦法變成這樣。所以……」

「我也這麼覺得！我就是因為有花灑同學才能夠改變！我比以前更能夠喜歡自己和大家！這份心意沒有虛假，而且無論事情怎麼演變，我都不打算讓這種心意變成假的！」

接著葵花、Pansy、Cosmos也都對我說出充滿力量卻又體貼的話語。

她們都願意對我說出這樣的話了。既然這樣……

「我說啊，我準備了花給大家……妳們願意收下嗎？」

想到要做的事情，可得做到底才行啊。

我勉強擺出笑臉，拿出自己準備的花。

只對一個人表態……這樣的事情，我現在還不做。

我為她們四個人準備的花已經蘊含了我最大限度的心意。

這種花的花語，是「誠實」。

和某種花很像，也好像聽說過學術上屬於同類，但我選這種花並沒有別的意思，就只是因為這種花正巧最適合用來表達我的心意。

「我要送大家的花，是這個。怎麼說……到了第二學期結束時，我一定會說出我的心意……不管發生什麼樣的事情，一定……」

「謝謝你，花灑同學。你的心意，我都收到了……」

「嗯！我雖然很害怕……但是我等著！……不用擔心！只要，只要你決定就好！」

「我的心意也跟葵花一樣。」

「就……就是啊！我也一樣……我也是一樣的心意！可是，我可沒打算要輸給任何人喔！Pansy、葵花、Cosmos 學姊！」

少女們露出的笑容比燈花典禮的燈飾還要漂亮。

相信她們其實還有其他想說的話，另有其他的感受。

但她們仍然……仍然選擇當下這一刻，一起待在這夢幻的空間裡。

「花灑，謝啦！這朵花，我會非常非常珍惜的！」

「我也是！這是花灑送我的花！花灑送了花給我……」

「……我非常開心。這……是我最喜歡的花。」

「謝……謝謝……那個，我非常開心……」

既然能夠看到她們這種笑容，我的努力就是有意義的吧……

只是，少了一個人。少了一個離開的女生。

袋子裡剩下了一朵花。本來……這朵花是為了送給這名少女而準備的。

這次的繚亂祭事件。

透過再度準備好燈飾，讓我得以保住跟大家的感情。

……然而，這番行動的結果卻讓我失去了……

失去了跟一個隨時都活力充沛，誠懇的笑容很惹人憐愛的少女之間的關係。

失去了和羽立檜菜……和這個外號「翌檜」，紮起馬尾很好看的女生之間的關係。

但後悔也無濟於事。

哪怕這是自我陶醉，哪怕說了這些也不會讓翌檜覺得不枉，我還是由衷把這句話送給翌檜吧。

過去這些日子……謝謝妳……

# 後記

要出動畫了。

大家好，我是駱駝，容我小小說明一下原文中的津輕腔。「なぁ」是「你」，「わんつか」是「有點」，「たんげ」是「很多」。

而《喜歡本大爺的竟然就妳一個》集數也來到二位數了。

然後，最重要的是——要出動畫版了！如果要坦白表達我內心有多興奮，這篇後記就會全部被「！」填滿，所以我還是先忍下來，記載關於這次要出動畫的一些令我感慨萬千的回憶。

推出動畫版，要經過幾個步驟才會正式發表（話說回來，這次是我的情況，所以也可能會有不太一樣的步驟）。

首先，是編輯聯絡：「有動畫版企畫啦！」然後會詢問身為作者的我：「請問是OK？還是NO？」

並不是說這個時候回答：「OK！」就會變成「好的，那就確定要出動畫版。」

終究還在企畫階段，所以也可能會變成「抱歉！企畫胎死腹中了！」

因此，當作者在這個階段回答ＯＫ，之後就是祈禱企畫會通過。
然後如果企畫順利通過，接下來就要碰面，和導演以及製作人等工作人員討論。
接著要寫動畫版的劇本，也請他們讓我看角色設計，還有透過選秀決定聲優。
另外，《喜歡本大爺》的聲優是以選秀＆投票決定。
初審是聽錄音檔，複審就直接在錄音室試音。
從新人到老手都可以參加，因為我們希望請最適合各個登場人物的人來擔任聲優。沒想到大家的意見意外地沒什麼分歧，讓我為自己的耳朵沒有太大問題而放心。
關於聲優就寫到這裡。接著是關於劇本。
我，駱駝，將擔任每一話的劇本。
因此如果動畫版不好看，１００％是我的責任，大家可以儘管把我罵得狗血淋頭。
實際去寫就發現寫劇本真的非常辛苦。
以《喜歡本大爺》的情形而言，文庫版的平均字數是少則12萬字，多則15萬字左右，而動畫一話大約2萬字。
假設動畫三話要演文庫本一集的劇情，就大概是6萬字。
也就非得砍掉一半的字數。
尤其第一集，如果照原作的步調去演，在花灑同學露出本性之前，第一話就會結束了。
這樣 Pansy 在第一話就會幾乎沒有機會出場。

至於我們如何因應這個問題，如果各位讀者願意等到動畫版第一話播出時親眼見證，那就太令人欣慰了。

我還在裡面加了一些讀過原作的讀者才懂的小小的原創成分，還請各位讀者期待！

那麼，接下來是謝辭。

買下本書十集的各位讀者，非常謝謝各位一路支持到今天。劇情發生了很大的變動，下一集到底會演變成什麼情形呢？加油啊，明年的駱駝。

ブリキ老師，這次也要謝謝您畫出美妙的插畫。

在第八集因為諸般因素而沒辦法搞的「那個」，這次我也全力弄了出來。在動畫版，雖然形式會稍微不一樣，但還是會有「那個」。

各位責任編輯，這次也謝謝各位給了我許多建議。

這次能讓我有這個機會，寫出一段將每次出場機會都被削減的「她」全方面推到第一線來表現的故事，真的非常謝謝大家。

今後也要請各位多多指教。

駱駝

## 刮掉鬍子的我與撿到的女高中生 1~4 待續

Kadokawa Fantastic Novels

作者：しめさば　插畫：足立いまる　角色原案：ぶーた

**上班族 × JK，兩人的同居生活邁入倒數計時!?**
**日本系列銷售突破70,0000冊！**

沙優的哥哥一颯突然來訪，兩人的同居生活突然面臨結束。回家期限在即，沙優緩緩道出自己的往事，關於學校，關於朋友，關於家庭。沙優為何會離家出走，而來到這麼遙遠的城市呢？這段日子跟吉田住在一起，她所獲得的又是什麼？事態急轉的第四集！

各 **NT$220~250/HK$73~83**

國家圖書館出版品預行編目資料

喜歡本大爺的竟然就妳一個?/駱駝作；邱鍾仁譯. --
初版. -- 臺北市：臺灣角川股份有限公司, 2021.03
冊；　公分
譯自：俺を好きなのはお前だけかよ
ISBN 978-986-524-276-3(第9冊：平裝). --
ISBN 978-986-524-277-0(第10冊：平裝)

861.57　　110000938

Kadokawa
Fantastic
Novels

# 喜歡本大爺的竟然就妳一個？ 10
（原著名：俺を好きなのはお前だけかよ 10）

2021年3月17日 初版第1刷發行

作　　者：駱駝
插　　畫：ブリキ
日版設計：伸童舍
譯　　者：邱鍾仁

發 行 人：岩崎剛人
總 編 輯：蔡佩芬
編　　輯：孫千棻
美術設計：黃永漢
印　　務：李明修（主任）、張加恩（主任）、張凱棋

發 行 所：台灣角川股份有限公司
地　　址：105台北市光復北路11巷44號5樓
電　　話：（02）2747-2433
傳　　真：（02）2747-2558
網　　址：http://www.kadokawa.com.tw
劃撥帳戶：台灣角川股份有限公司
劃撥帳號：19487412
法律顧問：有澤法律事務所
製　　版：尚騰印刷事業有限公司
ＩＳＢＮ：978-986-524-277-0